英語で楽しむ
英国ファンタジー

安井 泉
Yasui Izumi

静山社

目次

ことばから読み解くファンタジーの世界 ……4

第一の扉 『ハリー・ポッターと賢者の石』……15
ことばを楽しむ 1 ──【歴史が語ることばのいわれ】……51

第二の扉 『メアリー・ポピンズ』……53
ことばを楽しむ 2 ──【数え方にこだわる】……87

第三の扉 『チャーリーとチョコレート工場』……91
ことばを楽しむ 3 ──【子どもに対して猫なで声のお母さん】……112

第四の扉 『ピーター・パン』……115
ことばを楽しむ 4 ──
【英語にひそむアングロ文化(1) すべてを尋ねる「もてなし」の心】……142

第五の扉 『不思議の国のアリス』……147
ことばを楽しむ 5 ──【roof の意味は「屋根」だけではない】……166

第六の扉 『不思議の国のアリス』
　　　　　第7章 A Mad Tea-Party……169
ことばを楽しむ 6 ──
【英語にひそむアングロ文化(2) 11種類もある let の使い分け】……224

事実の裏に隠された真実を探り当てる
　　　　〜おとなが楽しむファンタジー〜……229

本書で解説した作品一覧／参考文献

ことばの勉強室

(1) the first floor って1階でいいの
　　　―イギリス英語とアメリカ英語―　……33
(2) with a pin と on the pin
　　　―動くのはどっち―　……44
(3) think, expect, hope, be afraid
　　　―that 節への思いの違い―　……46
(4) ハリー・ポッターの原作は頭韻(alliteration)を多用　……49
(5) spit-spot は spot-spit と言えるか
　　　―英語の音の並べ方には規則あり―　……63
(6) 英語における未来の表し方　……109
(7) アフタヌーン・ティーのティーはメトニミー　……156
(8) 英語の句読点は4種類　……204
(9) アナグラム　……205

ことばから読み解くファンタジーの世界

　わたくしが若い頃、ヨーロッパやアメリカはあこがれの地でした。思いこがれる地でした。当時よりも少し前までは、外国への渡航の足はもっぱら船で何カ月もかかるという至難の旅でしたから、みずから「かの地」へ出かけることなど、普通の人であれば想像すらできない時代でした。それでも、遙かなる外国を身近に感ずることがありました。外国の写真を目にしたときです。当時の写真はどれもみな白黒で、カラーの写真を目にする機会などめったにありませんでした。その写真は時代と共にカラーになっていきました。ヨーロッパの街並みはイーストマンカラーの落ち着いた色合いで記憶に残り、エンパイア・ステート・ビルディング（1931年竣工、443m）などの摩天楼が立ち並ぶアメリカの都会の景色はコダックのまぶしいほどの鮮やかな色でまぶたに焼き付けられていきました。ヨーロッパの落ちついた石造りの街並みと、アメリカの近代的な天をつく高層ビルの都会のイメージは、全く別の2つの世界を創り上げていきました。1950年代の外国の楽しみ方は、もっぱらメタファー（21頁参照）として「空気を味わう」というものでした。

　1960年代に入っても、羽田空港からタラップを上がり飛行機に乗り込むことができた人は、飛び抜けた能力をもっていたほんの一握りの人々でした。時代は走馬燈のように変わりゆき、現代では時間とある程度の資金があれば、だれもが空港の待合室からそのまま飛行機に乗り込んで外国に出かけることができます。「外国の空気を味わう」という意味は、かつてのメタファーの意味から、今では

現地に旅行することによって文字通りの「外国の空気を味わう」意味へと変化していきました。

　仕事を離れての外国への行き方は、大きく2つに分かれるように思います。1つは、目に見えるものを訪ねる旅。風光明媚な場所を訪ね歩き、「わぁ、きれい」「すごい」と感激に浸りながらたくさんの写真と共に帰国します。日本では決して見ることのできない景色は、間違いなく世界中の至るところに存在していますから、これはこれでよい思い出となるに違いありません。

　もう1つは、目に見えないものを見る旅です。もう少し具体的に言えば、歴史や文化を感じ、それを読み解く旅です。この旅の敷居は少し高いのですが、その敷居をまたいだとたん、ずっと自由で豊かな世界が広がっていることに気付かされます。「大事なことは目に見えない」というサン＝テグジュペリ（Antoine De Saint-Exupéry）の『星の王子さま』の台詞の真意をあらためて感ずることになるのです。「大事なものは目に見えない」というテーマは、作品の中で2回繰り返されています。原作はフランス語ですが、ここでは英語の訳から紹介することにしましょう。最初は、第24章で What is most important is invisible（最も大事なことは目に見えない）と述べられます。次に、第26章では The thing that is important is the thing that is not seen（大事なことは見えないことだ）と書かれています。

　目に見えない文化を探るにはさまざまな方法があります。歴史書をひもといたり遺跡を訪ねたりするのも、1つの方法です。固定された過去を探り出すには、そういう方法がうってつけです。しかし、歴史や遺跡にならなかった文化を探り出すのはそれほど簡単ではありません。どこに潜んでいるのか、そもそもあるのかないのかさえわかりません。形のないもの、それは手でつかむことも目で見るこ

ともできないのです。それを探り出すにはどうしたらよいのでしょう。

　文化の本質に迫ると思われるような手がかりを与えてくれるものの1つは、意外に身近にあります。それは「ことば」です。ことばは、想像を遙かに超えて、そのことばを母語としている人々の感性をみずみずしいまでに閉じ込めています。ことばを育んでいる有形無形の文化が、ことばの用法や意味の中に色濃くつなぎ止められていることはまれではありません。例えば、語源にそれが表れます。英語のcalculus（計算法）という語の語源を遡ると「小石」の意味に行き当たります。昔、石を用いて数を数えていたことの名残が単語の中に潜んでいるのです。tally（勘定書）の語源は「刻み目」の意味です。これも、「負債額や支払額の刻み目を付けた木片を縦に割り、借り手と貸し手がその半片を互いに保持した」という昔の文化が、単語の中に閉じ込められているのです。実はこのような、文化を閉じ込めていて、アラジンと魔法のランプのようにその中からかつての文化が一瞬に立ち現れる特性こそが、ことばの本質なのです。

　ことばの本質を、もう少し一般的に考えてみることにしましょう。わたしたちは、この世の中にあるありとあらゆるさまざまな事柄、すなわち森羅万象を表すとき、ことばを用います。ことばを用いて表すには、連続している森羅万象を切り分けなくてはなりません。切り分けた後で、その断片に名前を付けることによって、わたしたちはその1つひとつを理解します。森羅万象をどのように切り分けるかは、言語によって異なります。もちろん日本語と英語でも異なっています。例えば、H_2O という物質が液体であるとき、日本語では、それが冷たければ「水」と言い、温かければ「湯」と言って区別をしています。ところが、英語では H_2O という物質は、温度に関係なくwaterと言い表しています。

固体	液体		気体
氷	水	湯	水蒸気
ice	water		vapor
	0度	100度	

　『Collinsコウビルド英英辞典』(初版) でbath (風呂) を引いてみると A bath is a long, rectangular container which you fill with water and sit or lie in, while you wash your body. (風呂とは細長い長方形の容器で、それをwaterで満たし、身体を洗うとき中に座ったり横になったりするもの) と書いてあります。waterとあるので、英米人は「水風呂」に入るのだと早合点してはなりません。waterはH_2Oという物質が液体であるという意味しかありませんから、ここではwaterを「湯」と理解しなくてはなりません。『コウビルド英語辞典』に載っている風呂の定義は、日本語にすると、「風呂とは細長い長方形の容器で、それに湯を張り、身体を洗うとき、中に座ったり横になったりするもの」という意味なのです。さらにこの定義からは、英米では「風呂は身体を洗う」ために入るものと考えられています。一方日本人は、温泉などに行くと特に顕著になりますが、身体を洗うよりも温まるために入るものという感じが強いのではないかと思い至ります。英国に住む日本人が家を建てるとき、どうしても洗い場で身体を洗いたくて風呂場を家の中に作ろうとしましたが、防水の技術を持った職人がいなくてたいへん苦労したと聞いたことがあります。「風呂」1つとっても、そこを起点に広がっていく文化の違いの大きさに圧倒されてしまいます。

　別の例を見てみましょう。日本語の「あお」は非常に幅広い色を表しています。「『あお』く澄み渡った空」では「青」を、「『あおあお』とした麦畑」では『緑』を表します。あたかも、わたしたちが

囲まれている自然の色を「あお」と呼んだかのようです。それゆえ、日本語の「あお」は英語のblueに対応することもあれば、greenに対応することもあります。

あお	blue
	green

　green（緑色）の信号が「あお信号」と呼ばれるのはおかしいと問題にされることがありますが、これは世界の切り分け方の違いが背景にあるからです。日本人の色彩感覚がおかしいのではなく、わたしたちが森羅万象を切り分けるときに、英語とは別の方法をとったからにほかなりません。

　切り分けられ方が異なっていれば、当然、その単語に託されている意味や文化も異なってくるはずです。この切り分け方の異同は、具体的なものを表す単語に限られるわけではありません。抽象的なものを表す単語であっても同じことが当てはまります。さらに、単語を合わせて文を作ってゆく発想の仕方は、日本語と英語とでは大きく異なっています。だからといって、そのすべてが異質なのではなく、意外なところで共通点が発見されることもあります。

　単語の意味の違いばかりではありません。ことばには文化が潜んでいますが、その文化を探り当てるには、「文」の構造を透かして見せてくれる文法が大きな力を与えてくれます。英語の文法というと、無味乾燥な英文法の授業を思い浮かべてしまうかもしれません。英文法の知識は理屈ばかりで、そんなもの何の役に立つのだろうと怪訝に思う人も多いことと思います。文法なんて文法好きの変わり者に任せておけばよい、わたしにはそんなもの関係ないというのが大方の人の気持ちなのではないかと思います。たしかに言語学者がやっている一般の人にはなじみの薄い言語理論についてはそれでよ

いのですが、中学校や高等学校の教室で習った英文法は、英語を正しく理解しようとするときに、思いのほか役に立ってくれるものです。そして、頼りになるものなのです。

　では、これらの違いを知り、文化の違いを楽しむためによい方法はあるのでしょうか。ここで考えたいのが文学です。英語を母語としている人たちもきっとわたしたちと同じように、子どもの頃には多くの児童文学を夢中になって読んでいたのだと思います。そこで本書では、ファンタジーと呼ばれる児童文学を取り上げることにします。なぜかというと、そこには、英国の文化の根っこにある嗜好やさまざまな日常生活の側面が綿密に描かれているからです。大人相手では見えない世界でも、子どもと同じ視点に立ってみると、その世界を裏側から間近に眺めることができるのです。こっそりとお教えしますが、英語の真髄や気質、そして英語の素性や素質は、子どもの読む物語の中に、たっぷりとしみ込んでいるのです。大人の世界では、まどろっこしい前提を長々と述べ、いよいよ核心に入るのかなと思っていると歯に衣着せた言い方に終始し、どうもはっきりしないことがよくあります。ファンタジーでは、真実をぴたりと言い当てます。格言のような真理が前置きなしに語られます。大人になって忘れてしまっていた大切なことを思い起こさせてくれます。「あー、そうだったなぁ」と温かい気持ちで心が満たされるのです。ファンタジーには、なにげない日常の描写の中に常に非日常的な確信が潜んでいると、わたしは信じています。胸のすく表現に満ちあふれているのです。

　ファンタジーや児童文学を選んだもう１つの理由は、子どもが読むものだから、外国人にとってもやさしく読めるからでしょうと思っている人がいるかもしれません。そうだとよいのですが、それは

見当外れな誤解です。たとえば、『メアリー・ポピンズ』の中でメアリー・ポピンズが行ってしまった後、残されたお姉さんのジェインが弟のマイケルに向かって「マイケル、泣いているの」と問いかけます。それに続く英文は He twisted his head and tried to smile at her.（マイケルは振り向くとジェインに向かって笑みを浮かべようとしました）となっています。この中に He tried to smile. という表現が出てきますが、これは「笑みを浮かべようとしたが、うまくほほ笑むことができなかった」と解釈をしなくてはなりません。tried to do は「努力したけどできなかった」というときに使う表現で but he was not able to do it の意味が隠されているのです。ファンタジーを読むときには、このような細かいニュアンスも正しく理解することが必要となってくるのです。そうでないと、その場の情景を大きく読み間違えてしまうことになります。

　この本では、英語のファンタジーを読みながら日本語を再発見していこうと思っています。英語の文法に関しても、教室でおそらく一度は習った英文法の知識を単純に復習するのではなく、その表現の本質に新しい再発見と共に出会うことができる説明をするようにと心がけました。一般的にはあまり違いはないと思われている表現のバリエーションが、情景の描写の大きな違いに寄与していることはまれではありません。さらに、そういう違いはどのようにして生じているのか、その理由までわかってしまえば、英語の表現はずっと身近なものになります。いったん身近になってしまえば英語の表現は自由に使えるものとなります。表現のバリエーションの違いを背後で操っている仕組み、それが英語の文法です。別のことばで比喩的に述べれば、英語の遺伝子とも言えるものです。英語へ接近する方法はさまざまありますが、本書のような方法で英語に接近することができれば、英語表現の意味の違いを混同しない確かな手法を

後ろ盾として会得することができ、さらに、文化の違いという厚みをもったことばの世界に心と精神を遊ばせることができるのです。

　この本が目指しているのは、知ることの鋭い喜びや知的な昂奮と充実感に読者の皆さんを誘うことです。そのためには、むずかしいことをわかりにくく言ったのでは用をなしません。2010年に亡くなった作家の井上ひさしが生前に標語としていたのは、劇団「こまつ座」の季刊誌『The 座』（1989年）に寄せた次のことばでした。

　　むずかしいことをやさしく
　　やさしいことをふかく
　　ふかいことをおもしろく
　　おもしろいことをまじめに
　　まじめなことをゆかいに
　　ゆかいなことをいっそうゆかいに

「知ることの鋭い喜びや知的な昂奮と充実感」に読者の皆さんを誘うためには、井上ひさしの標語を座右に「むずかしいことをやさしく、やさしいことをふかく、ふかいことをおもしろく」伝える必要があると思っています。この標語のすごいところは、やさしく述べることは中身を薄めるのではなく、その作業によって中身を濃くそして深くしてゆこうというところです。

　ことばは細部にこだわることなしに読み解くことはできません。ことばがもっている豊潤な中身は、ファンタジーや児童文学という作品の中でどんな風にぴたりと生かされているのでしょう。どんな効果をねらって使用されているのでしょう。実際にファンタジーや児童文学の英語を細部にこだわって読み解きながら、英語や日本語の「ことばを楽しむ」魅力を身近に感じてもらうことができればう

れしい限りです。

　ことばをいとおしみながら、ことばに親しみ、ことば再発見への扉を開けてみることにしましょう。この扉を少しでも開け、一度でも、新しいことばの世界をのぞいてしまったら、しなやかでたおやかなことばの魅力からは、読者はもう逃れることはできなくなってしまいます。今、わたしたちが立っているのは、魅力あふれる「ことばの国」への入り口です。どうしましょうか。でも開けないときっと後悔しますよ。開けてみましょうか、この扉を。わかりました、さあ、開けますよ。

　ぎっ、ぎぎ、ぎぎぎ、ぎぎぎぎぎぃ……

英語で楽しむ
英国ファンタジー

英語で楽しむ
英国ファンタジー

第一の扉

『ハリー・ポッターと賢者の石』

英国の女性作家J. K. ローリング（J. K. Rowling）が書いたファンタジーにハリー・ポッター・シリーズがあります。全部で7巻になる大作です。その第1巻が『ハリー・ポッターと賢者の石』（*Harry Potter and the Philosopher's Stone*）。第7巻までを原書で読んだ人たちからは「第1巻が一番おもしろかった」という声もよく聞きます。第1巻には、この後に続く第7巻までの謎のヒントがぎっしり詰まっています。

　ここでは第1巻の、それも第1章の中からいくつかの場面を取り上げて、英語表現をたっぷりと味わうことにしましょう。

ダーズリー家はどこにある？

『ハリー・ポッターと賢者の石』の冒頭、第1章「生き残った男の子」（The Boy Who Lived）は、次のように始まります。

> Mr and Mrs Dursley, of <u>number four, Privet Drive</u>, were proud to say that they were perfectly normal, <u>thank you very much</u>. They were <u>the last people</u> you'd expect to be involved in anything strange or mysterious, because they just <u>didn't hold</u> <u>with</u> such <u>nonsense</u>.

　ダーズリー夫妻はプリベット通りの4番地に住んでいるのですが……という出だしです。英国のロンドンでは、通りの名前と番地を言うだけで家の場所がわかります。ですから、人に建物の場所を教えるとき、地図を書く習慣はありません。『ロンドン from A to Z』というだれもが使っている地図帖の索引から通りの名前を探せば、それだけで間違いなくその場所に行くことができます。では、なぜ

ハリー・ポッター・シリーズ

第1巻『ハリー・ポッターと賢者の石』

亡くなった両親の代わりにおば夫婦のダーズリー家で育ったハリー・ポッター。11歳を迎え、ホグワーツ魔法学校へ入学が許されると同時に、「名前を言ってはいけないあの人」との闘いが始まる。

第2巻『ハリー・ポッターと秘密の部屋』

ホグワーツ校内で次々に生徒が襲われ石にされてしまう事件が起こる。50年ぶりに開かれた秘密の部屋で、ハリーは再びヴォルデモート卿と対峙する。

第3巻『ハリー・ポッターとアズカバンの囚人』

脱獄不能の監獄アズガバンを脱走した囚人がハリーの命を狙う。そして、両親の死のきっかけを作った真の裏切り者が明らかになる。シリーズを通してハリーを苦しめる、吸魂鬼(ディメンター)が登場する。

第4巻『ハリー・ポッターと炎のゴブレット』

ホグワーツ校で開催される三大魔法学校対抗試合。その試合の裏には、恐ろしい罠が用意されていた。なんとか試合に優勝したハリーだが、ヴォルデモート卿復活の現場へと連れ去られる。そして友の死が。

第5巻『ハリー・ポッターと不死鳥の騎士団』

ヴォルデモート卿の率いる闇の軍団に立ち向かう不死鳥の騎士団。しかし、魔法界は次第に闇の勢力が力を増す。もはや、魔法省もハリーの味方ではなくなった。

第6巻『ハリー・ポッターと謎のプリンス』

闇の帝王を滅ぼし、魔法界に平和をと願うダンブルドア校長よりヴォルデモートの過去を教えられるハリー。不死の魔法を極めたヴォルデモートの秘密が徐々に明かされる。

第7巻『ハリー・ポッターと死の秘宝』

ヴォルデモートとの最終決戦。滅ぼすための唯一の手段である分霊箱を求め、自らの宿命を悟ったハリーは愛する人たちの死を乗り越えて、死地へと向かう。

通りの名前と番地だけで家の場所がわかってしまうのでしょう。英国では、日本とは違って、公道から細い私道を通って奥に入ったところにある旗竿地のような地割りはありません。どの家も通りに面して建てられています。通りの側を表に、背中合わせに家が建っているのです。日本ではたいてい南向きに家を建てますが、英国では通りに向いて家を建てます。湿気のない英国ならではの智恵でしょう。さらに番地の振り方が日本とは違って、家ごとに整然と順番に番地が振ってあります。道の片側に奇数番地が、反対側に偶数番地が並びます。4番地の左隣には2番地の家が、右隣は6番地となります。向かいには3番地、左前が1番地、右前が5番地です。ということは、4番地の家は角から2軒目の家ということがわかります。

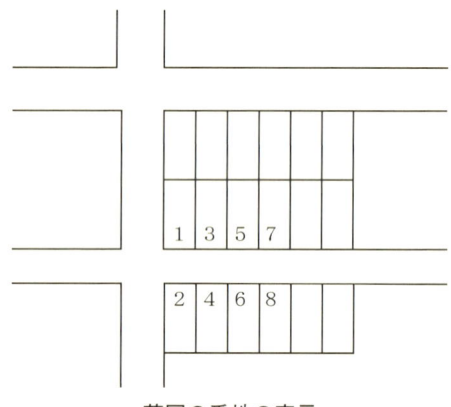

英国の番地の表示

このように理解しておくと、原作の次の頁に He got into his car and backed out of number four's drive（家の前に止めてあった車をバックして4番地のある通りから大通りに出た）という描写が出てきますが、大通りに出るには、2番地の家の前をバックしたことが理解でき、無謀な運転行為ではないこともわかります。通り名に

ある drive は車が通ることができる道です。Privet Walk と書いてあれば、車は進入禁止で歩行者専用の歩道が思い浮かびます。street は町中の通り、high street とあればその町で一番賑やかな道であり、○○銀座というところでしょう。road は町と町とを結ぶ道路です。川越街道や土浦野田線のような町の外に出て別の町につながる道路という意味を表します。

Thank you very much は「ありがとう！」ではありません

ダーズリー夫妻は、常々自分たちがおかしいところはこれっぽっちもないことを誇りに思っていました、と続きます。thank you very much は「おかげさまで（そのように暮らしています）」という「おかげさまで」に相当します。『ハリー・ポッターと賢者の石』（松岡佑子訳、静山社、1999年）では、「どこからみてもまともな人間です」と訳されています。自分たちは、何かおかしなことや不思議なことに巻き込まれることとは縁遠い存在である、なぜなら、夫婦は、そういった理屈に合わないことを認めない信条であったから、ということです。

the last people の last は first, next と同じように順番を表す表現です。不思議な出来事に巻き込まれることの多い人から少ない人の順に並んだ時に最後に来るという意味で、縁遠いということになります。

hold with 〜は didn't hold with のように通例、否定文・疑問文と共に用いられ「認めない」という意味を表します。nonsense は sense（理にかなった）とは逆で「ばかげたこと」、「意味をなさないこと」という意味です。膨大な sense の世界がしっかりしているからこそ、nonsense をおもしろく感じるのです。

ダーズリー家の人々

　家族の描写が続きます。ダーズリー氏はドリル製造会社の社長で、首がどこにあるかわからないくらい恰幅のよい男性で口ひげを生やしています。夫人は、夫とは対照的にほっそりしていて長い首をしています。

Mrs Dursley was thin and <u>blonde</u> and had nearly twice the usual amount of neck, which came in very useful as she spent so much of her time <u>craning</u> over garden fences, spying on the neighbours. The Dursleys had a small son called Dudley and in their opinion there was no finer boy anywhere.

　blonde（[女性が] 金髪の、ブロンドの）は髪の色の形容にしか使われない語です。セクシャルで魅力的な感じを伝える描写となっています。ダーズリー家の奥さんは、人の2倍もあろうかと思われる長い首を持っています。この長い首は、ぐーんと伸ばしてお隣さんの様子をうかがうのに極めて好都合です。crane は鳥の「ツル」の意味です。crane を動詞にすると「ツルのように首を伸ばす」という意味になりますが、何か興味や関心があるものに対して首を突っ込んでのぞき込むような場合に用いられます。この意味の動詞 crane は『チャーリーとチョコレート工場』でも2回使われています。その1つを紹介しましょう。

Charlie and Grandpa Joe both <u>craned</u> their necks to read what it said on the little label beside the button.

第一の扉　『ハリー・ポッターと賢者の石』

（チャーリーとおじいさんのジョーは、そのボタンの側にある小さなラベルにはいったい何が書いてあるのだろうと、首を伸ばしてのぞき込みました）

craneはクレーン・起重機の意味で名詞として用いられます。クレーンを、カタカナを使わずに無理やり漢字で表せば、「鶴首型起重機」とでも表現することになるでしょう。首を伸ばしたツルに形が似ているのでクレーンと名前が付いているのです。形状の類似のレトリックですからメタファー*としての命名です。

メタファー（metaphor）は、2つの別のものが類似しているという認識に基づく比喩のことです。あるものを形容したいときに、それと何らかの点で似ている別のものになぞらえて述べるレトリックです。類似には2つの場合があります。1つは形状の類似です。例えば、「たい焼き」や「メロンパン」は形状の類似に基づくメタファーです。あんを挟んで焼いた菓子の形が魚の鯛に類似しているので「たい焼き」、焼き上げられたパンの表面が果物のメロンの皮目を模しているので「メロンパン」と呼ばれています。もう1つは、特性の類似です。たとえば、「高嶺の花」は特性の類似に基づくメタファーです。高い峰に咲いている花とその特性が類似しているものについて、「遠くからただながめるだけで、手に取って自分のものにすることができないもののたとえ」（『国語大辞典』新装版、小学館、1995年）として用いられています。（詳しくは『ことばから文化へ―文化がことばの中で息を潜めている』［安井泉、開拓社、2010年］）

さて、このダーズリー夫婦にはダドリーという息子がいます。一人っ子です。2人はこの世にこれほどよい子はほかにはいない（there was no finer boy anywhere）、と口ぐせのように言っています。この一文だけで、この夫婦がいかに息子に甘く、わが子のこととなると他人の意見を聞く耳をもたず、猫かわいがりしているかが伝わってきます。

物語の幕が開き始めます。

ダーズリー家の秘密とは…

The Dursleys had everything they wanted, but they also had a secret, and their greatest fear was that somebody would discover it.

　ダーズリー家の人びとは何不自由ない生活をしていましたが、ある秘密を抱えており、それが他人に知られるのをこの世の終わりであるかのように恐れていたのです。
　ダーズリー夫人の妹夫婦の息子、ハリー・ポッターというダドリーと同い年の男の子が心配の種なのです。妹夫婦は、her sister and her good-for-nothing husband were as unDursleyish as it was possible to be. と描写されています。good-for-nothing の good for 〜は Boxes are good for something.（箱というものは何であれ何かの役には立つものです）のように用い、「〜と等価値の」「〜の役に立つ」という意味を表す表現です。したがって、good-for-nothing は nothing（ゼロ価値）と等価値の意味となります。ぐうたらで箸にも棒にもかからない夫、穀つぶしの夫の意味です。ポッター夫婦は as unDursleyish as it was possible to be と描写されています。unDursleyish という語を辞書で引いてみても載っていません。un-Dursleyish という形容詞は、ローリングが英語の規則を縦横無尽に駆使してこの場で個人的に臨時につくり出した語です。Dursley（ダーズリー）に -ish を付加して Dursleyish とします。「ダーズリー家の家風に合う」という意味です。Sweden（スウェーデン）に対する Swedish（スウェーデン人にふさわしい）、England（イングランド）に対する English（イングランド人にふさわしい）を派

生させるのと同じ造語法です。「その性質を保っている（人）」という意味です。この形容詞に否定を表すun-がついています。世の中から敬意を払われてしかるべきダーズリー家の一員とはとても思えないような、ダーズリー家の風上にも置けないという意味となります。ダーズリー夫婦は、家の大事な息子のダドリーが、ハリー・ポッターなどと一緒にされてはたまらないと思っているのです。

不思議の兆候はみじんもなかった

When Mr and Mrs Dursley woke up on <u>the dull, grey Tuesday</u> our story starts, there was nothing about the cloudy sky outside to suggest that strange and mysterious things <u>would soon be happening</u> all over the country.

その日の朝、目が覚めたとき、何か奇妙で不思議なことが国中で起こるかもしれないような兆候はみじんもありませんでした、とあります。

the dull, grey Tuesdayは、どんよりとした曇り空のあまり天気のよくない火曜日ということです。未来を表す表現がwill be happeningと未来を表す進行相となっています。この表現は、「このまま行くと当然〜となる」という言い方です。I am going to Tokyo next Wednesday.（今度の水曜に東京へ行くつもりです）、I will meet Mary tomorrow.（明日メアリーに会うつもりです）のように未来を表す表現は、いずれも主語の意志を述べたり、ほのめかしたりします。しかし、will be doingで未来を述べるときには、このままことが進行すれば放っておいてもそうなるという意味を表すので、主語の意志が入っていません。例えば、新幹線の車内放送ではWe will be stopping at Kyoto, Nagoya, Shin-Yokohama, and Shinagawa stations before arriving at Tokyo terminal.（この列車は、このまま予定通りでいくと、途中、京都、名古屋、新横浜、品川に停車し、終点の東京までまいります）と未来進行相が用いられます。We will stop at Shizuoka. と言うと、「本日は静岡に緊急停車することにしました」という意味になるので、いったい何が起こったのかと、乗客に緊張が走ることになります。

ごく普通の朝を迎えた一家

　ダーズリー夫婦は、外の天気とは関係なく、上機嫌の朝を迎えていますが、息子のダドリーはかんしゃくを起こしています。

Mr Dursley hummed as he picked out his <u>most boring tie</u> for work and Mrs Dursley <u>gossiped away happily</u> <u>as she wrestled a screaming Dudley into his high chair</u>.

第一の扉　『ハリー・ポッターと賢者の石』

None of them noticed a large tawny owl flutter past the window.

　ダーズリー氏は鼻歌を歌いながら、今日は仕事なので his most boring tie を選びます。boring は、人を目的語にとり「人を退屈させる」という意味をもつ他動詞 bore の現在分詞です。人を目的語にとる動詞の現在分詞は「（人を）〜させるような」という意味の形容詞として使用されます。boring は「（人を）退屈させるような」という意味となります。したがって、his most boring tie とは、彼がもっているネクタイの中で最も人を退屈させるようなネクタイの意味となります。「人を退屈させるような」というのは、すてきなネクタイだなというときめきや驚きを人に与えたり、人の心を動かしたりしないということですから、「何の変哲もないありきたりの」ネクタイと理解される表現となるのです。現在分詞がもっている本質的意味から文脈に合う意味を探り出す仕組みを知ることが、英語を理解する上では大切なことです。人を目的語にとり「人を〜の気持ちにさせる」という意味をもつ動詞の現在分詞は、boring のほかに、surprising（人を驚かすような）、interesting（人に興味を抱かせるような）、amazing（人を驚嘆させるような）などの例を挙げることができます。これらの動詞を用いてその気持ちでいるということを表現したいときには、これらの動詞を過去分詞形にして形容詞として用い、John was surprised at the news.（ジョンはその知らせを聞いて驚いた）のように、be interested in 〜，be amazed at 〜の形にします。これらの動詞の現在分詞形や過去分詞形は形容詞となっています。その証拠に、John is very surprised at the news./The book was very interesting. と very で修飾することができます。

一方、奥さんの方は gossiped away happily と描かれています。近所の噂話を実に楽しそうに悦に入ってとうとうと話しているのです。おそらく夫のダーズリー氏は上の空で生返事をしているのでしょう。世の奥様たちがご近所の噂話に余念がないという色眼鏡は、英国の中で1つの型になっているのかもしれません。例えば、Jane Austin の *Pride and Prejudice*（『高慢と偏見』）(1813) の第1章は、まさにそういう日常の描写から始まります。

　近所の噂話をしながら、夫人の描写は as she wrestled a screaming Dudley into his high chair. と続きます。泣き叫ぶダドリーを子供用の座面の高い椅子（a high chair）に座らせます。wrestle は力ずくで格闘するようにして座らせるの意味ですが、「座らせる」という意味が出てくるのはこの表現が sit Dudley into the chair のバリエーションとなっているからです。Mary sit her baby on the mat. と言うと、「赤ちゃんをだっこしてマットの上に座らせる」という意味となります。この sit（だっこして座らせる）が wrestle に置き換わると、sit に「力ずくで」「無理矢理」という意味が付け加えられ「だっこして無理矢理座らせる」の意味になります。座らせる場所は、into his high chair とあります。

　his が付いているのでダドリー専用の子供椅子ということになりますが、into であり onto ではありません。a chair は背もたれのある椅子で、肘掛けはあってもなくてもよいのです。ところが、sit in the chair となると肘掛けのある椅子に包まれるように座る意味となります。肘掛けのない椅子やベンチであれば、sit on the chair となります。子供用の椅子には肘掛けが付いていることが into からわかります。

　ところで sit in the chair と sit into the chair との違いはどこにあるのでしょう。in, on に比べて into, onto は移動の距離が大きいこ

第一の扉　『ハリー・ポッターと賢者の石』

とを表します。それだけ難しく、努力を伴う動作の描写となります。例えば、本をテーブルに置くときなどすぐに手が届く場所であればHe put the book on the table.と言いますが、最上段の棚に置くときにはHe put the book onto the highest shelf.と言います。水に飛び込むときにもHe jumped into the water.の方がHe jumped in the water.よりも高い位置からの飛び込みの感じを表すことになります。The cat jumped on the table.よりもThe cat jumped onto the table.とontoを使った方がひらりと飛び移ったという感じがあざやかに表されることになります（Radden and Dirven 2007. 306, 312, 313)。

Sit in the chair　　Sit on the chair

　このパラグラフは、大きなモリフクロウが窓のところを横切ったことに二人とも気がつかなかったと結ばれます。

（Radden and Dirven 2007. 306, 312, 313）は「RaddenとDirvenの2007年の著書の306、312、313頁」を表します。

出勤前もごく普通

時間は8時半となり、ダーズリー氏が出勤します。

At half past eight, Mr Dursley picked up his briefcase, <u>pecked</u> Mrs Dursley <u>on the cheek</u> and <u>tried to kiss</u> Dudley goodbye <u>but missed</u>, because Dudley was now having a tantrum and throwing his cereal <u>at the walls</u>. 'Little tyke,' <u>chortled</u> Mr Dursley as he left the house. He got into his car and backed out of number four's drive.

　ダーズリー氏はかばんを手にし、奥さんにキスをし、息子にキスをして出かけようとします。奥さんへのキスの描写は pecked Mrs Dursley on the cheek です。peck は「鳥がくちばしでつつく」が元の意味で「(ほおなどに) 軽くキスをする」という意味です。目的語が Mrs Dursley となっており、Mrs Dursley's cheek ではありません。キスの対象は、ほおではなく、あくまでも奥さんなのです。kiss her on the cheek は、kiss her cheek とは異なり愛情を表す表現となっています。しかし奥さんには peck が、息子には kiss が使ってあることを見ると、少しなおざりの愛情表現の感じが伝わってきます。本来は愛情表現ですが、それを、あまり愛情のない奥さんの描写に使っているのがおもしろいところでしょう。皮肉的な感じさえします。ダドリーに対しては tried to kiss Dudley goodbye と書いてあります。kiss Dudley goodbye は、行ってくるよとキスをするということ。Mr Noah waved goodbye.（ノアはさようならと手を振った）、Michel nodded his consent.（マイケルはわかったと

第一の扉　『ハリー・ポッターと賢者の石』

うなずいた）などと同じです。

　tried to kiss はキスしようと努力したことを意味していますが、努力したけれどもできなかったことを表すときに用います。したがって、but を予測して読まなくてはなりません。but missed（できなかった）と続いているのはこのためです。ここまで来て tried to kiss の文は完結します。

　なぜキスできなかったかというとダドリーがかんしゃくを起こしてシリアルをぶんまいてしまったからです。どのくらいの惨状かというと throwing his cereal at the walls. と書いてあります。the walls とありますので、シリアルは1つの壁でも壁一面でもなく、少なくとも壁2面に飛び散っています。

　キスをできなかったダーズリー氏は、出がけに Little tyke（困った子だ）と言います。「言う」（say）という動詞が現れるべきところに見慣れない chortle という動詞が使用されています。「うれしげに笑いながら言う」という意味です。chortle が少し複雑な意味を表すのにはわけがあります。chortle は chuckle（クスクス笑う）と snort（鼻を鳴らして言う）を合わせて一語にしたものだからです。この語をつくったのは、『不思議の国のアリス』などの作者ルイス・キャロル（Lewis Carroll）という英国のヴィクトリア朝時代の作家です。キャロルは『鏡の国のアリス』の中に出てくるジャバーウォッキー（Jabberwocky）というドラゴン退治の叙事詩の中でこの自ら造語した語を用いています。今では辞書にも載るようになりました。2つの語をブレンドしてできた語なので、文字通り混成語（blend）と呼ばれます。

　ルイス・キャロルは『鏡の国のアリス』の中で、この語をハンプティ・ダンプティという卵のような体形の登場人物に解説させています。この解説の中で、この語は「かばん語」（portmanteau words）と呼ぶことができると言っています。当時の旅行かばんは大きなもので、海外旅行に行くときに使うスーツケースが大型になったようなものです。2つに分かれる部分にそれぞれ1語ずつ押し込んで蓋を閉めて作った語というイメージから名前を付けたのです。それ以降、言語学の世界でも混成語の意味で「かばん語」という用語が使われるようになりました。ゴジラ（ゴリラ＋クジラ）、スモッグ（スモーク［煙］＋フォッグ［霧］）、クレパス（クレヨン＋パステル）などは混成語、すなわちかばん語の例です。

　さて、ダーズリー氏は車に乗り込むと車をバックさせて広い通りに出ます。すでに家並みのところで説明したように、バックさせると言っても4番地は角から2軒目の家ですのでそれほどの距離ではありません。

ダーズリー氏は会社のどこにいる？

　ダーズリー氏はグラニングズというドリルを作る会社の社長さんです（Mr Dursley was the director of a firm called Grunnings, which made drills.）。職場について、次のように書かれています。

Mr Dursley always sat with his back to the window in his office <u>on the ninth floor</u>.

　ダーズリー氏は職場ではいつも窓を背にして座っています。だから外で何が起きているか気付かずにいるのですが、on the ninth floorと書いてあります。さて、実際にここは何階なのでしょう。英国では1階はthe ground floorと言います。1度階段を上がったところをthe first floor（階段を上がった最初の階）と言います。2

度階段を上ると the second floor です。the first floor は2階、the second floor は3階となります。したがって、on the ninth floor は9階ではなく、10階です。

ここまでが物語の始まりの部分です。その後第1章では、夜行性であったはずのフクロウが昼間から数え切れないほど飛び回ったり、変な格好をした人がそこら中でうろうろしていたりとおかしなことが次々と起こりはじめます。

"これはネコの普通の行動だろうか"

仕事を終えて家に帰ってきたダーズリー氏は、朝会社に出かけるときに見かけたネコがまだ塀の上でじっとしているのに気が付きます。ネコの姿をしていてもネコ離れした生き物に出会うシーンです。ネコはダーズリー氏をじっと見ています。

> The cat didn't move. It just gave him a stern look. Was this normal cat behaviour, Mr Dursley wondered. Trying to pull himself together, he let himself into the house. He was still determined not to mention anything to his wife.

朝仕事に出かけるときに見かけたネコは、微動だにしません。そのネコがダーズリー氏を見ています。give him a stern look とあります。鋭いまなざしでじろりと見るように一瞥するのです。普通のネコが人を見る見方とは様子が違います。give a look の不定冠詞のa には one という意味がかなり強く残っています。

これはネコの普通の行動だろうかと、ダーズリー氏は自問します。Was this normal cat behaviour の部分には直接話法に使われる日

本語のかぎ括弧「　」に相当するコーテーション（" "）が使われていません。このコーテーションなしの用法は、直接話法と間接話法との中間で、抽出話法（represented speech）あるいは自由間接話法（free indirect speech）と呼ばれる形式です。『ハリー・ポッターと賢者の石』の原書では、この形式が多用され1つの文体を成しています。Was this normal cat behaviour? の文を実際にダーズリー氏が口にした直接話法に直すと、Is this normal cat behaviour? と現在時制の文になります。この疑問文はここでは反語疑問文の意味で使われています。これはネコの普通の行動なのだろうか、いやそんなわけはない、いったいどうなっているのだろう、という身の毛もよだつ気味悪さを感じている箇所です。

　Trying to pull himself together は精神的にしっかりしなくちゃという意味です。ちょうど操り人形の糸がゆるむとへなりとなってしまいますが、その糸をちょっと上に引っ張ってやると人形はしゃきっとする。そういうイメージなのではないかと思います。自分自身を奮い立たせているのです。

　続けて he let himself into the house とあります。he went into the house や he walked into the house でもよいのに、let himself into the house と書いてあるのはなぜでしょうか。使役の let は「するままにさせておく」という意味です。つまり、自分がふらふらと家の中に入るがままにしておくということで、自分の意志で家の中に入るのではなく、抜け殻のようになってふらふらと帰宅するという感じを表しているのです。そして、昼に耳にしたポッターの噂話を、妻に話したものかどうかまだ決めかねています。一方、夫人の方はどうでしょうか。

第一の扉　『ハリー・ポッターと賢者の石』

―《ことばの勉強室 (1)》――――――

the first floor って1階でいいの
―イギリス英語とアメリカ英語―

　イギリス英語とアメリカ英語とでは大きく異なると、よく言われます。実際にイギリス英語とアメリカ英語を聞くと、その印象は大きく異なっています。まるでメロディーのようなイギリス英語に対して、アメリカ英語はカチッカチッと上がったり下がったりといった印象を受けます。かつて英国に滞在した際、アメリカからの旅行者が鉄道の駅で、わたしたち日本人よりもイギリス英語特有の音調に慣れていなかったのか、アナウンスを聞き取れないという現場に遭遇したこともありました。さらに、単語も大きく違うものがあります。英国の大学に赴任してきた音声学者のアメリカ人女性が、イギリスのことばがわからないと言っていたことがありました。その音声学者の彼女は、英米の単語翻訳メモを細かく作っていました。見せてもらうと、血のにじむような努力によって作られた細かなリストです。同じ言語だと思ってやって来たアメリカ人にとって、イギリス英語の単語の選択や言い回しの癖などが大きな壁として立ちはだかっていたであろうことは、想像に難くありません。

　具体例を見てみましょう。英国でsubwayと言えば「地下道」。米国では「地下鉄」となります。「地下鉄」は英国ではunderground。特にロンドンの地下鉄はThe Undergroundと言い、狭いチューブのようなトンネルを走っていることから、別名 The Tubeとも言われます。エレベーターは英国ではlift。アメリカ英語のelevator（エレベータ）は用いません。

　街を歩いているときに建物に入れば、そこはthe ground floor。the ground floorは1階の意味です。エレベーターの階数を表すボタンにも数字の1の替わりにground floorの頭文字のGが書かれています。ボタンの1を押すと2階（the first floor）に、2を押すと3階（the second floor）に止まります。アメリカ英語では、1階はthe first floor、2階はthe second floorですので、日本と同じです。英米とも地下はbasementと呼ばれます。14階建ての建物はa fourteen-story building。これは

英米とも同じ表現が用いられます。
　このような単語の違いは確かにありますが、基本的な英語の文法が大きく異なることはありません。した がって、この程度の日常語における単語の違いは、現地に行けばすぐに空気のように自然に身に付くものですので心配はいりません。

普段通りで、上機嫌のペチュニア夫人

Mrs Dursley had had a nice, normal day. She told him over dinner all about Mrs Next Door's problems with her daughter and how Dudley had learnt a new word ('Shan't!').

　Mrs Dursley had had a nice, normal day. と過去完了形となっていますが、これは、夫が帰ってくるまではごく普通の1日を過ごしていたということを表しています。夫と対照的にごく普通の平和な1日だったのです。夕食を食べながら、お隣さんのお嬢さんのトラブルを話し、「ねえあなた、ダドリーちゃんたらお利口なのよ。新しいことばを1つ覚えたの。なんだかわかる。『やだ』って言うよ

第一の扉 『ハリー・ポッターと賢者の石』

うになったのよ（意志の強い子になるわきっと）」、と奥さんは世の中の不思議な気味悪さはどこ吹く風と上機嫌です。

<u>Mr Dursley tried to act normally</u>. When Dudley had been <u>put to bed</u>, he went into the living-room in time to catch the last report on the evening news:

Mr Dursley tried to act normally. の try to do は、さきほど見たように「～しようと努力したけれどうまくできなかった」という意味で、but failed（失敗した）がほぼ百パーセント含まれている表現です。ダーズリー氏はいつものように振る舞おうとするのですが、どうしても不自然になってしまうのです。When Dudley had been put to bed の受動態はダドリーの視点から述べられています。ベッドに置かれたとありますが、元気いっぱいのダドリーをベッドにぽんと置いてきたのではなく、ダドリーが寝かしつけられたということでしょう。ベッドに置いてそして寝るという出来事を、時間のメトニミー*（36頁参照）として述べています。

不思議を伝える天気予報

ダドリーが寝た後、ダーズリー氏は居間に入ってきます。次は、ニュースの最後、すなわち天気予報には間に合ったという下りです。英国でも、日本と同じようにニュースの最後に天気予報があります。

'<u>And finally</u>, <u>bird-watchers</u> everywhere have reported that the nation's owls <u>have been behaving</u> very unusually today. Although owls normally hunt at night and are hardly ever

35

seen in daylight, there have been <u>hundreds</u> of sightings of these birds flying in every direction since sunrise.

And finally（さて最後に）と始まりますが、これはニュースの最後ということです。bird-watchers は趣味として野鳥の観察をしている人たちのことでしょう。動詞 watch の目的語は「動くもの」

　メトニミー（metonymy）は、表現したいものに隣接しているものに言及し間接的にそのものを表すレトリックです。隣接には、（ⅰ）空間の隣接、（ⅱ）時間の隣接、（ⅲ）概念の隣接の３つの場合があります。
　（ⅰ）空間の隣接に基づくメトニミー：そば屋で「ざる」と注文すると竹のざるではなく、盛られたそばが出てきます。注文するときの「ざる」は、そばが盛られている器、すなわち、そばに隣接している器のざるに言及することで、盛られているそばを意味しています。「たこ焼き」も、中に入って隣接しているタコに言及するだけで「水に溶いた小麦粉にタコを入れて球形に焼いた食べ物」を表すので空間に基づくメトニミーの例となります。
　（ⅱ）時間の隣接に基づくメトニミー：「もり」は冷たいそば、「かけ」は温かいそばですが、レトリックの観点から言えば、どちらも同じ仕組みとなります。「もり」はそばを「もります」、「かけ」はつゆを「かけます」という料理の過程（process）に言及している連用形ですが、「もり」「かけ」と料理の過程に言及するだけで、料理の過程に時間的に隣接している完成した料理を表しています。「過程」で「結果」を表すという時間の隣接に基づくメトニミーです。「ごまあえ」「お好み焼き」も同様に時間の隣接に基づくメトニミーの例となります。
　（ⅲ）概念の隣接に基づくメトニミー：天ぷらそばの天ぷらがのっており、にしんそばにはニシンがのっています。しかし、きつねうどんに動物のキツネが載っていることはありません。「きつね」にのっているのはキツネの好物とされる油揚げです。「きつね」と言ってキツネの好物の「油揚げ」を表しているのです。「きつね」は概念の隣接に基づくメトニミーとして生まれた表現です。（詳しくは『ことばから文化へ—文化がことばの中で息を潜めている』[安井泉、開拓社、2010年]）

「動く可能性があると考えているもの」に限られ、動かないものを目的語に取ることはできません。テレビを見ることを watch TV というのはこのためです。これに対して、look at the picture の look at は「静止しているもの」を見るときに使われる動詞です。Watch the picture. となると盗まれないように見張ることになります。そのため、She was watching the flower. では彼女が見ているのは動きのある食虫植物、The boy was watching the stone. は石の上をはっているアリか何かをじっと観察しているという意味になります。

watcher の -er は人を表しますが、この -er は職業的な感じがします。たまたま見ていたというのではなく、日頃から観察や見張りを仕事にしている人のことです。日曜日の家族ドライブで、運転をしてくれているお父さんやお母さんに向かって、Driver! と声を掛けることはできません。この呼びかけはタクシーなどの職業運転手に限ります。

野鳥観察者の報告は、英国中のフクロウの行動がすごく変であったというものです。have been behaving とありますので、変な行動は今も続いているという表現になっています。「普段は夜中に行動するフクロウの姿を昼間に見かけることはないはずなのに、今日はいったいどうしたことか、日の出以来、あらゆる方向にフクロウが飛び交っているのが目撃されている。その目撃情報の数たるや何百もある」と報告されています。

hundreds が thousands と書いてあったとしても実際の数は不明です。このように印象を少し大げさに誇張して述べるときに、これらの表現が使用されます。

ニュースのアナウンサーも、思わずニヤリ

Experts are unable to explain why the owls <u>have suddenly changed</u> their <u>sleeping pattern</u>.' The news reader <u>allowed himself a grin</u>. 'Most mysterious. And now, over to Jim McGuffin with the weather. <u>Going to be any more showers of owls tonight, Jim</u>?'

まず、フクロウのsleeping pattern（睡眠の型）について、なぜ夜行性（nocturnal）から昼行性（diurnal）に突然行動を代えたのか専門家でもわからないと言っています。have changedと現在完了なのは、フクロウの行動が元の夜行性にはまだ戻っていないのです。their sleeping patternは「睡眠の型」の意味ですから、具体的には、夜行性あるいは昼行性のことを意味しています。The news reader allowed himself a grin.（ニュース解説者はニヤリとしました）でallow（許す）が使われています。ニュースのアナウンサーは、ジョークを言うこともないし、喜怒哀楽もなるべく示さないのが普通であるという前提をこの表現は裏に秘めています。a grinと不定冠詞がついているのは1回ニヤリとすることで、不定冠詞のaはここでも数詞oneの意味を持っています。不定冠詞の語源は数詞のoneです。oneの弱形anが母音で始まる名詞の前で用いられ、子音で始まる前ではnが落ちてaとなっています。学校文法では母音の前ではaをanにすると習いますが、歴史的には逆なのです。

「ニヤリとした」ということは、その後に続くことばは、半分ジョークであるという了解となります。「ほんとうに不思議なことです。

さて、天気予報はジム・マックガフィンさんです。今夜はもったくさんのフクロウが降ってきますか」の部分がジョークです。

McGuffin や MacDonald の Mc-, Mac- という「〜の息子」を意味する接頭辞は、英国のアイルランドの出身者かスコットランドの出身者であることを表す名字です。一方、O'Brien, O'Connor の O'- も「〜の息子」を表す接頭辞ですが、こちらはもっぱらアイルランドの出身であることを表す名字となります。Mac- や O'- ではじまる名字を聞くと、その語源からすぐに出自がわかります。英語においては名前に「〜の息子」を付けると名字になります。例えば John という名前に son（息子）をつけて Johnson（ジョンの息子）とすると名字になります。

さて、司会者は「天気予報はジム・マックガフィンさんです」と、紹介のときに姓名を言っています。日本で、「天気予報は木原さんです」と姓のみを述べるのと違っています。英語では、改まったとき、あるいは苦言を呈するとき、けんかのときに姓名を述べます。映画などで普段愛称で呼んでいる2人が、突然姓名で呼びかけるようなことがあれば、苦言を呈するかけんかの場面です。

ここでは、天気予報を述べる英語の表現に注目してみましょう。アナウンサーは Going to be any more showers of owls tonight? と聞いています。天気について、It's going to rain. のように be going to を用いる表現は、空模様を見ながら「雲行きが怪しいなあ。雨が降ってきそうだ」という意味になります。ここでも、昼間これだけフクロウが飛び交った事実に基づいて、だから今夜も昼間以上ですかねとジョークを言っているのです。一方、天気予報では It will rain tomorrow.（明日は雨になるでしょう）のように will が使われます。will は「以前からの知識や経験に基づいて予測する」場合に使われるので天気予報の表現として典型的に使用されるものです。

天気予報を注意して聞いてみると必ずこの言い方になっています。It's going to rain tomorrow. とは言っていないことに気がつくはずです。

不思議な天気予報は続きます

'Well, Ted,' said the weatherman, 'I don't know about that, but it's not only the owls that have been acting oddly today. Viewers as far apart as Kent, Yorkshire and Dundee <u>have been phoning</u> in to tell me that instead of the rain I promised yesterday, they've had a <u>downpour of</u> shooting stars!

ニュースのアナウンサーのテッドに対して、天気予報を伝えるジムはこう言っています。
「またフクロウが降ってくるかどうかはわかりませんが、おかしかったのはフクロウだけではありませんでした。ケント、ヨークシャー、ダンディーの各州の住民の方々がわざわざ電話を掛けてきて、昨日わたしが予報した雨とは異なって、多くの流れ星が観察されたと知らせてくれました」
have been phoning in という現在完了形からは、まだ電話が鳴り続けており一段落しているわけではない状況が伝わってきます。a downpour of shooting stars と downpour（大雨のように降る）と流れ星に雨の縁語が用いられているのは、テッドが言った any more showers of owls（昼よりもたくさんのフクロウが降ってくる）というジョークを引き継いで雨のメタファーを引き続き用いているからです。こう言えばああ言うという軽口の応酬です。

第一の扉 『ハリー・ポッターと賢者の石』

<u>Perhaps</u> people have been celebrating <u>Bonfire Night</u> early ─ it's not until next week, folks! But I can promise a wet night tonight.'

Perhapsは「ことによると」ということです。ことが起こる確率を蓋然性(がいぜんせい)と言いますが、probableが一番確率が高く、likely, possible, perhapsの順番で確率は低くなります。ただし、perhapsのみが副詞でほかは形容詞。probableの実現の可能性はIt is not probable that A is B.=It is probable that A is not B.となるので、probableでも蓋然性は50%となります。

Bonfire Night（ボンファイアー・ナイト。あるいはGuy Fawkes day［night］ガイ・フォークス・デイ［ナイト］）と呼ばれる日は、国家転覆を計り国会の地下にダイナマイトを抱えて潜んでいたガイ・フォークスが実行を目前に逮捕されたことを祝い、現在まで続いているお祭りです。1605年11月5日、ガイ・フォークス（Guy Fawkes）は仲間と共謀して、ジェームズ一世を迎えて会議が開かれることになっていた

Evening Standard Magazine
（1994年11月4日号）の表紙

国会議事堂の地下に、36樽もの火薬と多量の薪と共に潜んでいました。ローマ・カトリック教徒であった彼は、国家の転覆を計ったのです。しかし、この火薬陰謀事件（the Gun Powder Plot）は、密告者がいて事なきを得たのでした。英国は何ごともなかったことを祝し、後世への戒めも含めて、この日の夜を祝うことになり、反カトリックの大きな渦の中心となっていきます。この英国の祭りの夜は花火を上げ、子どもたちはガイ・フォークスの奇怪な人形（guy）を大かがり火（bonfire）で焼き捨てます。

「このお祭りは来週ですよ、皆さん」とジムは釘を刺しています。流れ星が花火に見間違えられたという想定ですが、ジョークを続けることによって、不安を払拭しようとしているのです。最後に真顔で、今夜は雨になります。こちらは確かです、と天気予報を結んでいます。

ハリーを置いて去るハグリッド

第1章の山場の1つは、大男のハグリッド（Hagrid）が赤ん坊のハリー・ポッターをダーズリー家の玄関先において立ち去る場面です。「ハグリッドは流れ落ちる涙を上着の袖で拭い、オートバイにさっとまたがり、エンジンをかけた。バイクはうなりを上げて空に舞い上がり、夜の闇へと消えていった」（松岡佑子訳、静山社、1999年）というシーンは、次の英語で書かれています。

Wiping his streaming eyes on his jacket sleeve, Hagrid swung himself on to the motorbike and kicked the engine into life; with a roar it rose into the air and off into the night.

第一の扉 『ハリー・ポッターと賢者の石』

　Wiping his streaming eyes on his jacket sleeve で拭いているのは his streaming eyes、Wiping his streaming eyes on his jacket sleeve で拭いているのは his streaming eyes（流れる両目）となっていますが、実際に拭いているのは両目（eyes は複数形）からあふれる涙です。ここの表現は、streaming eyes と両目に言及して両目から流れる涙（tears）を意味しているので、隣接によるメトニミー表現となっています。

　一方、his jacket sleeve は単数ですから片腕です。さらに、on his jacket sleeve と on が使用され、with が使用された with his jacket sleeve ではありません。つまり、on his jacket sleeve では片腕は固定しているので、顔の方を動かして涙を拭いた情景が表されているのです。別の例を見てみましょう。He wiped his hands with his apron. と with が使用されていればエプロンを手にとって拭く道具として使っていますが、He wiped his hands on his apron. と on が使用されていれば腰に巻いた固定したエプロンに手をこすりつけて拭いている動作を表します。with A では A が動かされますが、on B では B は固定されているのです（「ことばの勉強室（2）」44頁参照）。

　kicked the engine into life はペダルを踏み込んでエンジンを動かす様子を、命を与えると書いてあります。life の反対は dead で The engine went dead.（エンジンが止まってしまった）のように用います。エンジンと共に使われる life も dead もメタファーです。

― 《ことばの勉強室 (2)》 ―

with a pin と on the pin
―動くのはどっち―

風船をピンで割るとき with a pin と言うと、ピンを手に持って風船に近付けて割るという意味となります。

John burst the balloon with a pin.

これに対して、on the pin と言うと、ピンは板などに固定されていてそこに風船を近付けていって割るという意味となります。

John burst the balloon on the pin.

Fred wiped his hands with a towel.（フレッドはタオルを手にとって手を拭いた）と Fred wiped his hands on the towel.（フレッドは掛けてあるタオルに手をこすりつけて手を拭いた）も同じ関係になります。

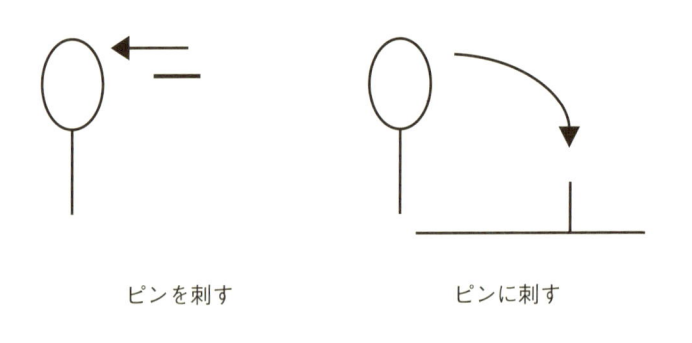

ピンを刺す　　　　　　　　ピンに刺す

不思議なことと無縁のダーズリー家

第1章の最後のパラグラフの始まりには、次のような表現が出てきます。嵐の前の静けさを感じさせるような描写です。

第一の扉 『ハリー・ポッターと賢者の石』

　<u>A breeze ruffled</u> the neat hedges of Privet Drive, which lay silent and tidy <u>under the inky sky</u>, the very <u>last</u> place you would <u>expect</u> astonishing things to happen.

　breezeは「そよ風」の意味で「心地よい風」というニュアンスがあります。ruffleはさざ波を立てるということです。プリベット通りのきれいに整えられた生け垣の上をそよ風が渡り、さざ波のようにその葉を揺らしているという描写です。その光景は under the inky sky（夜のとばりの中で／漆黒の闇の中で）、静かで荒れた姿などみじんもないと描かれています。平穏な日常を概念の隣接に基づくメトニミーとして描写しているのです。

　さらに、このダーズリー家の周辺について、the very last place you would expect astonishing things to happen. と続きます。the very last place は驚くようなことが起きる可能性の高い場所から低い場所へと順番に並べたときに最後に来るということです。そういう可能性からは最も遠いところにある、別の言い方をすれば、この世の中で、最も平穏な場所と予測されるというのです。expect は「前もって思う」という意味です。この平穏この上ない場所にとてつもないことがこれから起こることになるのです。

　第1章の出だしのところでも the last という同じ表現が使用されていたことを思い出した読者も多いと思います。第1章の始めのlastと終わりのlastとを並べてみましょう。

第1章の始め：
They were the last people you'd expect to be involved in anything strange or mysterious, ...

(彼ら［ダーズリー家の人々］は、奇妙なことや不思議なことからは、これ以上ないというほどに縁遠い人たちでした)

第1章の終わり：

the very last place you would expect astonishing things to happen.

(突拍子のないことが最も起こりそうにない場所でした)

　第1章の始めでは、この場所に住んでいる「人」は不思議なことから最も縁遠いと書かれていました。この第1章の最後のパラグラフでは、この「場所」は不思議なことから最も遠いと書かれています。始めでは「人が」、終わりでは「場所が」不思議な出来事と最も縁遠いと念押しをする小説の構成を読み取ることができます。第1章は、この2つの文に挟まれた、いわばサンドイッチにした書き方で、人も場所も不思議なこととは縁遠いと読者に強く印象付けています。不思議な出来事が最も起こりそうにない場所で、とてつもなく不思議な出来事がこれから起こり始め、不思議とは最も縁遠い人々を巻き込んでいくのです。

― 《ことばの勉強室 (3)》 ―

think, expect, hope, be afraid
―that 節への思いの違い―

　心に浮かんだことを述べる表現には think, expect, hope, be afraid があります。いずれも後に that 節を続けて使います。この4つの表現の中で最も中立的なのは think です。たとえば、He will come to the party tonight. と述べると断定的すぎると感じるときには、言い切りを弱めるために、in my opinion (わたしの考えでは) と付けるのと同じような副詞的機能として I think を付け加えます。

第一の扉 『ハリー・ポッターと賢者の石』

I think that he will come to the party tonight.（彼は今夜のパーティーには来ると思います）

expectはthink in advance（前もって思う）の意味です。

I expect that he will come to the party tonight.（彼は今夜パーティーには出席すると思います）

expectの基本的意味は「前もって思う」ですので、そうなってほしいことにもそうなってほしくないことにも用いられます。expectは単なる予測を述べる中立的な意味合いをもっているので、彼が今夜のパーティーに来てほしいと思っているのか、来てほしくないと思っているのかについては、この文からだけではわかりません。

そうなってほしいときにはhopeを、そうなってほしくないときには、be afraidを用いると、態度がはっきりと伝えられます。

I hope that he will come to the party tonight.
（彼には今夜パーティーに来てほしいなあ）

I am afraid that he will come to the party tonight.
（彼は今夜パーティーに来ちゃうんじゃないか）

hopeやbe afraidを用いると、態度をはっきりと表明することになってしまうので、そうすることが付き合いの上から支障があってぼかしておきたいときには、thinkやexpectを用いて、一歩踏み込まないことにすればよいのです。

中立的な意味をもつ例として、expectを使った、

I expect his father's death. は、友人の父親が早く死んでくれればよいという意味ではなく、「彼のお父さんはもう助からないのではないかと思っていた」という意味です。

賢者の石か、魔法使いの石か

　ハリー・ポッター・シリーズの第1作の英国版の書名は *Harry Potter and the Philosopher's Stone*（『ハリー・ポッターと賢者の石』）と the Philosopher's Stone（賢者の石）ということばが使われています。しかし、同じ本の米国版では、その書名が *Harry Potter and the Sorcerer's Stone*（『ハリー・ポッターと魔法使いの石』）と the Philosopher's Stone（賢者の石）が the Sorcerer's Stone（魔法使いの石）に代えられています。「賢者」と「魔法使い」とでは大きな違いがあるのに、どうしてこんなことになっているのでしょうか。

　英国版の書名にある the Philosopher's stone（賢者の石）は、ヨーロッパの中世において、鉄や鉛や錫などの卑金属を金にしてみせると豪語する錬金術師たちが、これさえあれば可能であるとした錬金薬（elixir）なのです。錬金術師たちから「賢者の石」さえあれば卑金属を金に替える錬金術が可能となると難題を出された当時の為政者たちは、この石を手に入れようと八方手を尽くします。しかし、これは決して人間が手に入れることのできないものです。このように賢者の石はヨーロッパの中世の世界を背景として生まれたことばです。J.K. ローリング本人は、錬金薬を意味する the Philosopher's stone という語には不老不死の意味があることを物語の中で明らかにしています。しかしアメリカでは、一般受けするタイトルをということで、魔法使いの石にしたということです。アメリカの編集者が一般受けするタイトルではないと判断した理由は何でしょう。おそらく the Philosopher's stone（賢者の石）は、中世を知るヨーロッパの人にはなじみが深いことばですが、中世になじみのな

い人々や中世のないアメリカ人に the Philosopher's stone と言っても、その意味は伝わらないだろうから「賢者の石」の使用をやめて「魔法使いの石」に差し替えたのだと、わたしは想像しています。皆さんはどんな想像をなさるのでしょうか。

―《ことばの勉強室（4）》――――

ハリー・ポッターの原作は頭韻（alliteration）を多用

　J. K. ローリングは「ハリー・ポッター」の全巻において、同じ子音で始まる語を続けて使用する頭韻という手法を多用しています。頭韻は、ディズニーのキャラクターの Mickey Mouse, Minnie Mouse, Donald Duck, Daisy Duck などの名にもよく使用されています。第四の扉の『ピーター・パン』（Peter Pan）も頭韻による命名です。頭韻は心地よい音感覚を醸し出すレトリックの1つの手法です。

　さて、「ハリー・ポッター」ではホグワーツ魔法魔術学校の4つの寮の創始者の名前（グリフィンドールは Godric Gryffindor、スリザリンは Salazar Slytherin、ハッフルパフは Helga Hufflepuff、レイブンクローは Rowena Ravenclaw）、暴れ柳（The Whomping Willow）、禁じられた森（the Forbidden Forest）、ダドリー・ダーズリー（Dudley Dursley）、ミネルバ・マクゴナガル（Minerva McGonagall）、セブルス・スネイプ（Severus Snape）、嘆きのマートル（Moaning Myrtle）、魔法省（the Ministry of Magic）、血の守り（Bond of Blood）、逆転時計（Time-Turner）、自動速記羽根ペン（Quick-Quotes Quill）、かくれん防止器（Sneakoscope）など、その世界に存在する人間、事物の命名に頭韻が使用されています。さらに、ロックハート教授が2年生の必読書として指定する8冊の書名はすべて頭韻となっています（第2巻第4章）。

◆ *The Standard Book of Spells, Grade 2* by Miranda Goshawk『基本呪文集（2学年

用)』(ミランダ・ゴズホーク著)
◆ *Break with a Banshee* by Gilderoy Lockhart『泣き妖怪バンシーとのナウな休日』(ギルデロイ・ロックハート著、以下同)
◆ *Gadding with Ghouls* by Gilderoy Lockhart『グールお化けとのクールな散策』
◆ *Holidays with Hags* by Gilderoy Lockhart『鬼婆とのオツな休暇』
◆ *Travels with Trolls* by Gilderoy Lockhart『トロールとのとろい旅』
◆ *Voyages with Vampires* by Gilderoy Lockhart『バンパイアとばっちり船旅』
◆ *Wanderings with Werewolves* by Gilderoy Lockhart『狼男との大いなる山歩き』
◆ *Year with the Yeti* by Gilderoy Lockhart『雪男とゆっくり一年』(書名等の訳は松岡佑子、静山社、2000年)

原書を読む楽しみの1つとして、頭韻探しを挙げることができそうなほどの凝りようです。

頭韻というレトリックは、第三の扉で読むことになる『チャーリーとチョコレート工場』のロアルド・ダールも大好きな手法です。そこでも別の頭韻の例を楽しむことにします。

ことばを楽しむ 1 ── 【歴史が語ることばのいわれ】

　現代の英語では、牛肉は beef と言い、牛を意味する cow とは似ても似つかないことばを用いますが、どうしてそんなことになっているのだろうと不思議に思ったことはありませんか。少しだけ余分に注意を払ってみるだけで、ことばの不思議に出会うことができます。このようなことばの不思議の中には、英語の歴史をひもとくことによって、なるほどそういうことだったのかと納得のゆく答えに行き着くことができるものがあります。この beef と cow もその例の1つです。

　英語では、牛は a cow で牛肉は beef となりますが、豚も生きているときは a swine, a pig で豚肉になると pork です。別の例を挙げましょう。羊は sheep（単複同形）で羊の肉は mutton（成長した羊の肉）と言います。これは動物の種類によって変わります。例えば、英語では chicken, lamb を a chicken（鶏）や a lamb（子羊）のように a をつけた可算名詞（数えなくてはいけない名詞）として使えばその動物を表し、chicken（鶏肉）や lamb（羊肉）のように不可算名詞（数えてはならない名詞）として無冠詞単数形で用いれば肉を表します。にもかかわらず、a cow, a swine, sheep に限って、その肉を表すときには動物を表すことばとは似ても似つかぬ beef, pork, mutton という語を用いるのはなぜなのでしょうか。

　これには英国が 1066 年にフランスの北西部に住み着いていたノルマン人に征服されたノルマン征服（the Norman Conquest）の歴史が関わっています。ノルマン人（Norman）（語源は north［北方の］＋ man［人］）は、スカンディナヴィアおよびバルト海沿岸に

住んでいた北方系ゲルマン人のことです。当時バイキング（海賊）と呼ばれることもあったノルマン人は、その一部がフランス北西部のノルマンディー（コタンタン半島辺り）に住み着いていました。英国に攻めてきたのはこのノルマン人です。征服されてしまった英国では、ノルマン人が社会の支配階層を占め、戦いに敗れた、もともとそこに住んでいたサクソン人は被支配階層に甘んじることになります。ノルマン人が牛・豚・羊を見るのは食卓の上で料理されたものでした。ノルマン人は当時のフランス語（古フランス語）を話していましたから、フランス語で牛肉、豚肉、羊肉と言ったのです。それが beef, pork, mutton（不可算名詞として使用）でした。

　一方、サクソン人は生きた牛、豚、羊の世話をしていました。サクソン人が、牛、豚、羊に言及するときには、当時の古英語（Old English: ～ 1100）といわれるサクソン語でそれぞれ a cow, a swine（いずれも可算名詞として使用）と言いました。当時の様子は『アイヴァンホー』（サー・ウォルター・スコット、1819年）という小説の第1章に詳しく描かれています。beef, pork, mutton は料理用語としてフランス語から取り入れられたという説もありますが、わたしは当時の支配者階級のことばが食卓の肉に、被支配者階級のことばが生きている動物の個体に定着していったのだ、という歴史的なエピソードが背後にあるロマンに満ちた考え方が大好きです。

第二の扉
『メアリー・ポピンズ』

P. L. トラバース（P. L. Travers）の『メアリー・ポピンズ』（Mary Poppins, 1934）を読んでみましょう。本の題名となっているメアリー・ポピンズはバンクスさんの家にやってくる不思議な乳母の名前です。バンクスさんの家には、ジェインとマイケルという姉弟と二人の赤ん坊がいます。第1章 East Wind で、メアリー・ポピンズは凍えるほど寒い日に、東風に乗ってバンクスさんの家にやってきます。表紙にあるように、大きな傘を広げて空を飛んでやってくるのです。最後の第12章 West Wind では、春のぬくもりが感じ始められた頃、西風に乗ってバンクスさんの家を後にします。日本で東風(こち)と言えば春風ですが、英国の東風(ひがしかぜ)は冬将軍で、ロシアの方から吹いてくる冷たく寒い風のことです。西風はメキシコ暖流の上を渡ってくる暖かい風となります。英国は、北緯で言えば樺太あたりに位置しますが、暖流のメキシコ湾流の上を渡ってくる暖かい風のおかげで樺太よりも温暖なのです。

『メアリー・ポピンズ』の第1章、第12章のほか、第2章 The Day Out、第3章 Laughing Gas（笑いガス）と第7章 The Bird Woman（鳥おばさん）を取り上げ、英語の表現を楽しむことにしましょう。

体格のいいおまわりさんに道を尋ねる

『メアリー・ポピンズ』の物語は、次のように始まります。わたし

メアリー・ポピンズの表紙

第二の扉　『メアリー・ポピンズ』

たちも、英国ロンドンの街角に立つことにしましょう。

If you want to find Cherry-Tree Lane all you have to do is ask the Policeman at the cross-roads. He will push his helmet slightly to one side, scratch his head thoughtfully, and then he will point his huge white-gloved finger and say: "First to your right, second to your left, sharp right again, and you're there. Good-morning."

バンクスさんの家のある桜木通りに行きたいときには、四つ辻に立っているおまわりさんに聞いてみるだけでいい、となっています。He will....とありますが、本来はIf you ask the Policeman, he will....（おまわりさんに聞いてみると、おまわりさんは……）というつながりとなる文です。if節が省略されてhe willだけが残っています。

ロンドンのおまわりさんは飛び抜けて体格がよく背の高い人が採用されるので、すぐにわかります。

おまわりさんは黒いヘルメットをちょっとかしげて頭をかくと、そうだなと言うような顔つきで巨大な白い手袋をした人差し指でこう言うでしょう、とあります。ロンドンのおまわりさんは体格がよいので、his huge white-gloved fingerのhuge（巨大な）という表現も納得できます。Hugeにはextremely large in size（きわめて大きい）という意味であるので、比較を表すveryを付けて ˣvery huge とすることができません。料理をほめるときよく言うIt's delicious.（とてもおいしいです）のdeliciousにもveryが含まれてい

ˣ印は英語の表現としては存在しない表現を表します。

るので ×very delicious とは言えません。

警官が指差す指は finger と単数形です。この「指」は人差し指のことでしょう。単に「指」と言って人差し指を意味する表現はシネクドキ*と呼ばれます。

ところで、ここではおまわりさんは人差し指で場所を指していますが、人を指差すことは日本でも英国でも失礼な行為とされています。

5本の指は five fingers と言います。fingers は手の指の意味です。日本語では手の指も足の指も「指」と言いますが、英語では足の指を toes と別の単語を用います。fingers というのは toes と対称となる語です。普段、英語を母語としている人に、手の指（fingers）は何本ですかと聞くと「5本の指（five fingers）」と答えますが、次に、親指を指してこれは finger ですかと聞くと「いや finger とは言わない。thumb です」と答えが返ってきます。舌の根も乾かぬうちにこの豹変ぶりはどういうことかと唖然としてしまいます。

シネクドキ（synecdoche）とは、「類」と「種」の関係に基づくレトリックです。「類」は「より上位の概念」（より大きなカテゴリー）を表し、「種」は「より下位の概念」（より小さなカテゴリー）を表します。類に言及して種を意味する、あるいは逆に、種に言及して類を意味する表現がシネクドキです。例えば、「花見に行った」と言えば、桜の花を見に出かけたということで、一面の菜の花畑を見にいってもチューリップ畑を見にいっても花見にいったとは言いません。「花見」の「花」は、花という類（より上位の概念）に言及していますが、「花」と言うだけで「桜」という種（より下位の概念）を意味しているからです。同様に、「焼き芋」では「芋」と言うだけですが、サツマイモを意味しています。一方、「紅葉狩り」に行ったと言えば紅葉だけではなく、秋の錦織りなすさまざまな木々の色付きを見に行ったことを意味します。この場合は、「花見」や「焼き芋」とは逆で、「紅葉」という種に言及することによって、秋の色付き全体という類を意味しているシネクドキとなっています。（詳しくは『ことばから文化へ—文化がことばの中で息を潜めている』[安井泉、開拓社、2010年]）

finger には、足の指 toe に対して手の指というような一般的な意味をもつ上位語（hyponym）としての $finger_1$ と、手の thumb に対して親指以外の指という下位概念を表す下位語（hyponym）の $finger_2$ とがあるからです。この関係を図示したものが次の表です。

足の指	手の指	
toe	$finger_1$	
	$finger_2$	thumb

　道案内が終わったおまわりさんは最後に Good morning. と言います。Good morning. は朝、会ったときの挨拶としてよく知られていますが、このように別れるときにも用いられます。ここでは、道を教えるという任務が終わったので、これで終わりとするという職業上の言い回しとなっています。日常的にわたしたちが別れ際に使う「さようなら」の意味にはならないこともありますので注意が必要です。別れ際に用いる Good morning. や Good afternoon. には、話を打ち切るニュアンスがあるからです。例えば、チャールズ・ディケンズ（Charles Dickens）の『クリスマス・キャロル』（*A Christmas Carol* 1843）では、主人公の高利貸しスクルージ（Scrooge）が寄付を集めにきた慈善団体の人々を追い払うときに Good afternoon.（お引き取りを）という表現を使っていたのを、わたしはどうしても思い起こしてしまいます。

真冬に幕開く『メアリー・ポピンズ』

　そして確かに（sure enough）、道案内の通りに歩いていくと、ちょうど桜木通りの真ん中に出ます、と続きます。

And <u>sure enough</u>, if you follow his directions exactly, you *will* be there — right in the middle of Cherry-Tree Lane, where the houses <u>run down</u> one side and the Park runs down the other and the cherry-trees go dancing <u>right down the middle</u>.

　桜木通りの情景が描写されます。片側には家が並び、向かい側には公園があります。道の真ん中に桜の並木があり、その桜の木々が踊るように風に揺れている、という描写になります。

　run down の run は続いているということで、down は目線がそこから遠くへと続くことです。right down the middle という表現では、桜の木々がちょうど道の真ん中にあってずっと遠くまで並んで植えられている情景が目の当たりに思い浮かびます。

　桜の木々が踊るように揺れるには、そうとう強い風が吹いているはずです。この日はロシアからの東風、冬将軍が到来したのでしょう。日本で言えば、葉をすっかり落とし枝だけの桜が北風に吹きさらしになっているのです。とにかく、とてつもなく寒く感じられる日のようです。物語の中では、こんな日に銀行に向かうバンクスさんは、コートを2枚も着込んで出かけることになります。この寒がり屋のバンクスさんも、物語の最後の第12章では西風、すなわち春風が吹くようになると、春の息吹をいち早く感じて、オーバーを着ないで出かけると描かれています。冬の訪れと共に幕が開いた『メアリー・ポピンズ』のお話は、春のぬくもりが感じられる穏やかな季節の兆しの中で幕を下ろすのです。

時間とお金を浪費する

　第1章の導入に続いて、バンクスさんの家族構成と使用人の紹介

があります。使用人のロバートソン・アイ（Robertson Ay）について次のように語られています。

Robertson Ay to cut the lawn and clean the knives and polish the shoes and, as Mr. Banks always said, "<u>to waste his time and my money</u>."

ロバートソン・アイは、芝刈りや、ナイフを研いだり靴を磨いたりする仕事をしていますが、バンクスさんから見るとその仕事ぶりは、to waste his time and my money（自分の時間を無駄にし、わたしのお金を浪費している）と見えるのです。要するにサボるだけサボって仕事をしないのに、給金だけはちゃんとせしめる人物だということです。wasteという語に「時間を浪費する」と「お金を浪費する」の2つの意味を掛けたみごとな言い回しは、皮肉をたっぷり効かせた表現となっています。

この日の寒さをバンクスさんは、次のように形容しています。

It's as cold as the North Pole.（北極のように寒い）
There is frost in my bones.（わたしの骨の中に霜が降りている）.

ロンドンがいくら寒くても、北極のように寒かったり、骨が凍ったりはしません。このような表現は、白髪三千丈などと同じく大げさな誇張表現 overstatements（あるいは hyperbole）と言われるものです。逆に控えめな表現は understatements（あるいは litotes）と言います。

風見「鶏」なのに望遠鏡型

　バンクスさんの家の近くに海軍大佐のブームさんの家（Admiral Boom's house）があります。海軍大佐だけあって、船を模した豪邸です。その家には望遠鏡の形をした風見鶏があると紹介されます。風見鶏の描写は、次のようになっています。

There was <u>a flagstaff</u> in the garden, and <u>on the roof was a gilt weathercock shaped like a telescope.</u>

　flagstaffは学校の校庭にある国旗掲揚のポール（flagpole）のことです。なぜflagstaffなどということばを用いてポールが立っていることを表すのでしょう。Admiral（大佐）のことを flag officer とも言うので、わざわざ flagstaff の語を用いて表しているのではないかとわたしは思います。とにかく、ポールが庭に立っています。屋根の上には金色の望遠鏡型風見鶏があります。

　on the roof was a gilt weathercock shaped like a telescope（屋根の上には、望遠鏡型の金色に輝く風見鶏がありました）は a gilt weathercock shaped like a telescope was on the roof（望遠鏡型の金色に輝く風見鶏が屋根の上にありました）の倒置の形です。on the roof was a gilt weathercock shaped like a telescope という倒置形は、映画などでカメラを動かして、まず屋根が映り、次には何が見えるのかとわくわくしていると、その一角に風見鶏が見えてくる、あのカメラワークによる情景描写と同じです。映像のようにことばで表現する描き方で、文全体を新しい情報として読者に提示する手法です。on the roof などの副詞が文頭にくる倒置文は、この

第二の扉 『メアリー・ポピンズ』

例に代表されるように、だんだんとその周りの風景を提示してゆき最後に全貌が見渡せるようになる状況描写に加えて、Up jumped a rabbit.（ぴょんとウサギが跳ねた）のように、一瞬の出来事全体を新しい情報として提示する場合にも使用されます。

この風見鶏（weathercock）は望遠鏡型なのです。もちろん海軍大佐はよく望遠鏡で船の行く先を見るので、海軍大佐になじみの深い望遠鏡になっているのです。風見鶏は普通その名の通り鶏型だから風見鶏と呼ばれているのに、望遠鏡型でも風見鶏と呼んでしまってよいのでしょうか。これは学校の黒板が、昔は黒であったのがその後緑色になっても緑板と言わず「みんな黒板の方を見て」と言うのと同じです。命名のときの形や色が重要なのではなく、風向きを示すので風見鶏、板書をするので黒板と、その道具の機能を肝要と考え、ずっとその名前で呼ばれているのです。

不思議なシロップ

バンクスさんの家に乳母としてやってきたメアリー・ポピンズは、なんとも不思議な人でした。バンクスさんの家の人々は使用人も含めて、皆何らかの恩恵を受けることになるのです。マイケルがシロップのような薬を飲まされるシーンも印象的です。実はこのシロップは、飲む人によってそれぞれ味が変わる不思議なシロップなのです。しかし、シロップを飲むマイケル本人はもちろん、読者のわれわれもまだそれを知りません。

Michael suddenly discovered that you could not look at Mary Poppins and disobey her. There was something strange and extraordinary about her — something that was frightening and at the same time most exciting.

マイケルには突然何かがわかったようです。メアリー・ポピンズの目を見ると、もう逆らえないということが……。マイケルはメアリー・ポピンズと目が合うと、蛇ににらまれたカエルのようになってしまうのです。メアリー・ポピンズは人を怖がらせ、でも興奮して巻き込んでしまう何か特別のものをもっている人のようです、とメアリー・ポピンズの不思議な感じが述べられます。そして次のように続きます。

> The spoon <u>came nearer</u>. He held his breath, shut his eyes and gulped. A <u>delicious</u> taste ran round his mouth. He turned his tongue in it. He <u>swallowed</u>, and <u>a happy smile ran round his face</u>.

シロップの入ったスプーンがマイケルの目の前にぬーっと差し出されます。come nearerとあるので、もしこのシーンを映画に撮るとするなら、マイケルの視点にカメラを置きそこにスプーンがぬーっと近づいてくる映像になるでしょう。comeは自分の方に近づいてくることを表す動詞です。マイケルは、息を止めて目をつむってエイッと飲み込みました。すると、予想に反して、とてもおいしい味が口の中に広がります。

deliciousは「とてもおいしい」という意味で「とても」がすでに含まれている語なので、すでにふれたように、˟very deliciousとは言えません。マイケルは思わず舌なめずりをしました。マイケルはゴクリと飲み込みます。おいしいものを食べたときのあの笑顔が、顔いっぱいに広がります。a happy smile ran round his face

の ran round はほほ笑みが勝手に顔中にひろがる無意識の動作を表しています。思わず笑みがこぼれたのです。

swallow は、噛まずに飲み込むことを表します。飲み込んだものが食べ物ではない場合にも使用します。例えば、子どもが異物を飲み込んでしまったようなときには swallow を用います。これに対して eat（食べる）は食べ物を噛んで食べることを表しますので、必ず食べ物を目的語として使用します。

ところでウォルト・ディズニー・カンパニー製作のミュージカル映画の『メアリー・ポピンズ』（1964年）を見たことのある人は、にこやかで軽快なメアリー・ポピンズを想像すると思いますが、原作のメアリー・ポピンズは正反対の印象です。メアリー・ポピンズは子どもの前では決して笑いません。子どもたちはいつもぴりぴりしています。メアリー・ポピンズの口癖の spit-spot（さっさとしなさい）にもにじみ出ています。her face as stern as before に見る stern（厳格な、厳しい、いかめしい）、sternly（厳格に、容赦ない）というキーワードが何度も登場します。それに輪をかけるのが、メアリー・ポピンズの口数の少なさという仕組みです。

―《ことばの勉強室（5）》―

spit-spot は spot-spit と言えるか
―英語の音の並べ方には規則あり―

『メアリー・ポピンズ』に出てくる表現の中から spit-spot（さっさとしなさい）を取り上げましたが、英語には、このような音感覚をもっているオノマトペ（擬声語）が他にもあります。例えば、ticktack（チクタク、時計のカチカチと動く音）、zigzag（ジグザグ）、cling-clang（カランカラン、キンコン、鐘の音）などです。

このように同じ子音で母音のみを入れ換えて同一の形式を繰り返して

擬声語を作る場合には、この例で見れば [ɪ] - [æ]、[ɪ] - [ɑ]、[ɪ] - [ɔ]、のように、後ろの音の方が前の母音よりも口を大きく開ける広母音（open vowels）でなくてはなりません。これは、口の開きが小さく呼気が流れにくい音が前に、口が大きく開いて呼気が流れやすい音が後ろにくるという原理が働いているからです（Cooper and Ross 1975. 72-75、安井泉 1992）。

spit-spot を逆にして*spot-spit とは言いません。同じように、ticktack を*tacktick とすることも zigzag を*zagzig とすることもありません。キングコングも King Kong であり*Kong King とはなりません。

いくつか例を挙げておきましょう。

(ⅰ) [ɪ] - [æ] 型：

bric-a-brac（装飾的な古物）、chitchat（うわさ話、ぺちゃくちゃしゃべる）、clink-clank（チリンチャリン、ガチャガチャ）、flicflac（〈バレエの動作〉フリックフラック）、fiddle-faddle（ばかげたこと）、flimflam（でたらめ、たわごと）、flip-flap〈サンダルの音〉パタパタ）、knick-knack（小さい装身具）、

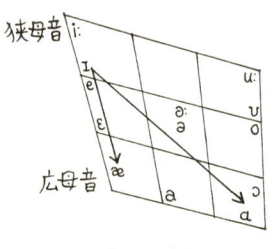

母音の関係

mischmasch/mishmash（ごたまぜ）、pit-pat（雨だれの音）、pitta-patta（雨だれの音）、pitter-patter（どきどき：〈雨だれの音〉ぱらぱら）、riffraff（ぐず）、shilly-shally（優柔不断）、tit for tat（しっぺ返し）、wigwag（あちこっちに動く）、zigzag（ジグザグ）など。

(ⅱ) [ɪ] - [ɑ] / [ɪ] - [ɔ] 型：

crisscross（十字交差）、ding-dong（〈鐘の音〉キンコン、ゴーンゴーン）、flip-flop（〈サンダルの1種〉フリップフラップ）、hickory dickory dock（コッチン、カッチン、コトリ〈柱時計の音〉マザーグースの1節）、King Kong（キングコング、大男）、mishmash（ごたまぜ）、ping-pong（ピンポン、卓球）、singsong（読経口調）、tick tock（こちこち〈時計の音〉）など。

第二の扉 『メアリー・ポピンズ』

肌を見せずに着替えることが乳母の必要条件

　メアリー・ポピンズは、バンクスさんの家で働くことになりました。厳しくて人を寄せ付けないように見える乳母は、何も入っていないはずの、絨毯の生地でできたバックの中から、手品師のように次から次へとさまざまな日用品を次々に取り出していきます。ピシッと糊のきいた皺のない真っ白なエプロンから、折りたたみの肘掛け椅子までが出てくるのです。散らかっていた子ども部屋を手際よく片付け、瞬く間に子どもたちに着替えをさせ、そして寝る前のシロップへと話が進んでいきます。

　子どもたちがこの乳母に絶大の信頼を寄せるようになるきっかけとなった出来事は、子どもたちの前での着替えです。これを見たマイケルはころりと参ってしまうのです。その大切なシーンは次のように書かれています。

Mary Poppins, slipping one of the flannel nightgowns over her head, began to undress underneath it as though it were a tent. Michael, charmed by this strange new arrival, unable to keep silent any longer, called to her.
"Mary Poppins," he cried, "you'll never leave us, will you?"

　メアリー・ポピンズはフランネルのナイトガウンを頭からすっぽりとかぶると、それをテントのようにして、その中で洋服を脱ぎはじめましたとあります。人前で肌を見せずに着替えができることというのが当時の乳母に課せられていた必要条件だったそうです。この見事な着替えを見せつけられたマイケルは、メアリー・ポピンズ

は極めて優秀な乳母であると見抜きます。そして、マイケルはこの不思議な来訪者にすっかり心を奪われてしまうのです。もう黙っていることに我慢できなくなって、思わず大きな声で「ねえメアリー・ポピンズ、ずっとぼくたちといてくれるでしょう」と叫んでしまいます。

　ぴりぴりした乳母のメアリー・ポピンズと対照的に、ジェインとマイケルのお母さんは子どもたちにかなり甘く、そしてたっぷり愛情を注ぎます。このバランスの取れた図式が子どもたちの精神を安定させているのです。子どもたちにとって乳母は、厳しいけれども慕われる学校の先生のような存在なのかもしれません。

マッチ売りの男性とデート

『メアリー・ポピンズ』の第1章からいくつかの表現を抜き出して考えてみました。さらに、第2章、第3章、第7章、第12章からいくつかの表現を抜き出してみてみましょう。

　第2章はThe Day Out（お出かけ）です。day outは休日の外出のことです。ここでは、メアリー・ポピンズが2週間に1回、4時間の時間休暇を取ることになり、子どもたちをおいて町に出かけます。丸一日休暇であれば、a day off、2日間の休暇ならtwo days offといいます。ここでは、午後の時間休暇なので、a day offという表現は使えません。

　メアリー・ポピンズは、バートというマッチ売りで絵描きの男性とデートをするようです。絵描きと言っても、キャンバスではなく路上にチョークで絵を描いている青年です。出会いの場面は、次のように始まります。

第二の扉 『メアリー・ポピンズ』

a day off　　　two days off

On this particular day, which <u>was fine but cold</u>, he was painting. He was in the act of adding a picture of two bananas, an apple, and a head of Queen Elizabeth to a long string of others, when Mary Poppins <u>walked</u> <u>up</u> <u>to him</u>, <u>tip-toeing</u> so as <u>to surprise him</u>.

当日の天気について、was fine but cold とあります。晴れ渡っているけれど寒い日です。英国の冬は曇っていて寒いのが普通ですから、これは外出するには気持ちのよい日ということを表す描写です。バートはちょうど路上に絵を描いているところでした。絵をいくつもずらりと描いてきて、さらにもう1枚絵を描き加えています。その絵には、2本のバナナ、1つのリンゴ、そしてエリザベス女王の顔。メアリー・ポピンズは彼に近付いていきます。walk up to him の up は近づいていく感じを表しています。その歩き方はバートを驚かそうと tip-toeing と描写されています。tiptoe は「つま先」を表わす名詞ですが、ここでは tip-toe 一語だけで、walk on tip-toe（つま先立ちでこっそりと忍び足で歩く）という意味の動詞として

用いられています。「walk + α（つま先立ちで）」を表したいときにwalkの部分は前提としてあえて言わないで、αの部分だけに言及し、αの部分を動詞にして用いているのです。移動することを表したいときに、足のどこを使って歩くかに注目して「足音を立てないようにつま先立ちでそっと抜き足差し足で歩く」ことを表しています。名詞と同じ形のままで動詞として用いる語は「名詞派生動詞」

つま先立ちのtiptoeは
抜き足差し足忍び足

（denominal verbs）と呼ばれます。walk + αにおいてαにのみ言及してwalk + α全体を意味させるメトニミーとして作り出されるもので、英語では重宝されているものです。最後の部分のto surprise him（驚かせようと）には、「『わっ』と声を掛けるなどして驚かせる」意味が入っています。

デート中のメアリー・ポピンズ

"Hey!" called Mary Poppins softly.
He went on putting brown stripes on a banana and brown curls on Queen Elizabeth's head.

メアリー・ポピンズは「ねえ」とやさしく声を掛けるのですが、

第二の扉　『メアリー・ポピンズ』

バートは気づかず描き続けています。バナナの茶色のところを描き、エリザベス女王の茶色の髪を描き加えています。このことから、バートが今持っているのは茶色のチョークであることがわかります。

"Ahem!" said Mary Poppins, with a ladylike cough.
He turned with a start and saw her.
"Mary!" he cried, and you could tell by the way he cried it
that Mary Poppins was a very important person in his life.

　メアリー・ポピンズは「エッヘン」と咳払いをします。子どもたちには厳しい乳母のメアリー・ポピンズが ladylike cough をしたのですから、思わずほほ笑んでしまいます。しなをつくるのです。バートはぎくっとして（with a start）振り返ります。a start と不定冠詞がついているのは、ぎくっとするのが1回だからです。そして、バートは「メアリー」と叫びます。その声の調子について you could tell by the way he cried it that Mary Poppins was a very important person in his life. と解説が続きます。he cried it の it は「Mary ということば」を指します。Mary と言ったときの声の調子を聞けば、メアリーがバートの人生にとってどんなに大切な人であるかがすぐにわかりました、という意味となります。

　メアリー・ポピンズの方はどうかというと、乳母としてきりりとしていた様子とはうって変わって、実にかわいらしい女性になっています。仕事のときに見せる顔と、プライベートで見せる顔のギャップが魅力的です。てきぱきと働く女性がふっと見せる女性らしさが次に描かれていきます。

もじもじしている様子は…

Mary Poppins looked down at her feet and rubbed the toe of <u>one shoe</u> along the pavement two or three times. Then she smiled at the shoe <u>in such a way that the shoe knew quite well that the smile wasn't meant for it</u>.

　メアリー・ポピンズはうつむいて足元を見ます。そして、片方のつま先を歩道に2、3度こすりつけるのです。なんだか妙な動作です。one shoe とあるので片足です。shoes は左右で1組なので複数形で使用されることが多いのですが、片方の靴が見当たらないときには、Where's my shoe? と単数形で用います。あろうことか、メアリー・ポピンズは靴に向かってほほ笑みかけます。そのほほ笑みについて、in such a way that the shoe knew quite well that the smile wasn't meant for it. とあります。ほほ笑みかけられた靴の方も、メアリー・ポピンズが自分にほほ笑みかけているのではないことは百も承知でした、そういうほほ笑み方でした。

　メアリー・ポピンズの気が突然違ってしまったのではありません。メアリー・ポピンズは「もじもじしました」と書けばよいところをそう書かずに、どう伝えるかが作家の腕の見せ所なのです。その場面の状況を淡々と記述するメトニミーによって、もじもじしたということを間接的に読者に伝えているのです。メアリー・ポピンズの乳母としての厳しい（stern）側面と好対照を成す女性としてのかわいらしさがにじみ出ています。

第二の扉 『メアリー・ポピンズ』

絵の中でデート

　物語の中で、デートは続きます。2人には、どこかの店に入ってお茶を飲むようなお金のゆとりがありません。そこでバートが描いた遊園地が見える公園の絵の中に飛びこみます。飛び込んだとたんに、2人の洋服は正装に変わります。ボーイさんにかしずかれながら豪華なお茶の時間、アフタヌーン・ティーのすてきなデートを楽しみます。日頃の仕事から心を解き放ち、ゆったりとした夢の時を紡ぎます。

　この夢が覚めてゆく第2章の最後の場面もすてきな書き方です。ルイス・キャロルの『不思議の国のアリス』の最後で夢が覚めてゆく場面、トランプが襲ってきたと思ったら現実には枯れ葉が顔に舞い落ちていたのを思い起こさせます。『メアリー・ポピンズ』のこの場面は、はっきりとしていた情景がだんだんと色あせてゆく様子が、『不思議の国のアリス』よりももっと細かく見事に描かれます。

And as they went, the feather dropped from her hat and the silk cloak from her shoulders and the diamonds from her shoes. The bright clothes of the Match-Man faded, and his straw hat turned into his old ragged cap again.

　帰ることになり店の戸口の方に歩いていくと、メアリーの帽子から今まであった羽根飾りが消え、肩からは肩掛けが、靴からはダイアモンドが消えてしまいました。バートの鮮やかな色の洋服は色あせ、つば付きの帽子もまたいつもの使い古した野球帽に変わりました。

夢が覚めるにつれ、あたりの空気が変わっていきます。バートの絵の中から先ほどのウエイターが消え、メリーゴーランドが消え、風にそよいでいた木々や草ももうぴくりとも動きません。

But Mary Poppins and the Match-Man smiled at one another. They knew, you see, what lay behind the trees....

　2人は互いに顔を見合わせてほほ笑みます。2人は木々の後ろに何があったかを知っていました、と結ばれます。最後の文はthey knewと書かれています。knowは真実を知っているという意味です。夢から覚めた彼らにとって、現実よりも夢の中の方に真実があるという書き方にも読める、静かな終わり方となっています。

笑い上戸のウィグおじさんを訪ねる

　第3章の「笑いガス」（Laughing Gas）では、メアリー・ポピンズはジェインとマイケルを連れて、メアリー・ポピンズのおじさんのウィグ（Mr. Wigg）さんの家を訪ねます。マイケルはWhy is he called Mr. Wigg — does he wear one?（どうして桂(かつら)さんて言うの、かつらをかぶっているから）と聞きます。oneはWiggと同じ発音のwig（かつら）を意味しています。WiggとWig、発音はまったく同じですが、つづり字は語末が異なっています。ここでは、固有名詞である人名をWiggとggでつづることによって、wigと同じ短い母音［ɪ］の発音が保証されるように仕組まれています。Catt（キャット）、Cass（キャス。Casseのつづり字だとカース）などの名字も類例となります。

　wear ～は何かを身に付けている状態を表します。したがって着

第二の扉　『メアリー・ポピンズ』

脱可能なものを目的語にとる動詞です。例えば、He wears his jacket/his hat/his glasses/his gloves/his shoes. に見るように、「ジャケット」「帽子」「めがね」「手袋」「靴」などが目的語にくることができます。He wears teeth. と言えば、teeth は着脱可能な歯、すなわち「入れ歯」となり、文章は「彼は入れ歯をしている」という意味になります。身に付ける動作を表すには put on ～を用い、脱いだり取り外したりする動作には take off ～を用います。

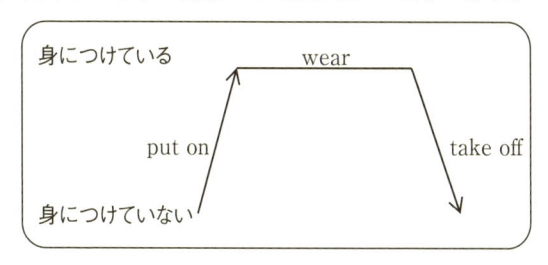

```
身につけている ────── wear ──────
              ↗                  ↘
         put on                    take off
              
身につけていない                     ↓
```

英語では He put on his glasses, his hat and his shoes. と put on ですべて言い表すことができます。しかし、日本語では「彼はめがねを掛け、帽子をかぶり、そして靴を履いた」と別々のことばを使用します。英語では身体のどこを覆う場合でも一律に put on, wear, take off を用いますが、日本語では別のことばを用います。一見すると日本語は何で覆うかで区別しているように思えるかもしれませんが「×銀行強盗はストッキングを頭から履いて銀行に押し入ってきた」とは言わず「銀行強盗はストッキングを頭からかぶって銀行に押し入ってきた」と言うことからも明らかなように身体のどの部分を覆うかで区別しています。

さてウィグおじさんは笑い上戸で、ひとたびおかしくなると笑いガスが身体の中に充満し空中に浮かんでしまいます。そしてジェインとマイケルもおもしろいことを考えると空中に浮かび、空中に浮かんだままでお茶を楽しむという奇想天外なお話が展開します。も

ちろん、メアリー・ポピンズはおもしろいことを考えなくても、自由に浮かび上がることができます。この様子にウィグさんの家の女中はビックリ仰天です。4人は楽しい時を過ごしますが、楽しいと思っている間は下に降りてくることができません。メアリー・ポピンズが It is time to go home.（もう帰る時間ですよ）と言います。「帰らなくちゃならない」なんて、こんな悲しいことはないと考えた瞬間、誰もが浮かんでいることができなくなって、床に降りてしまうのです。

なぜこのような奇想天外な話をトラヴァースは思いついたのでしょうか。英語には be up in the air（有頂天になる）という表現があります。He is absolutely/completely/quite up in the air.（彼はまさに幸せ絶頂／有頂天です）のように用いられます。この比喩的な表現を文字どおりに解釈して物語を作ったらどうなるであろうと、トラヴァースは考えたのではないでしょうか。そう考えたからこそ、楽しいことを考えると空中に浮かぶのです。

そういえば、『ピーター・パン』にも、ピーター・パンに出会った子どもたちが何か楽しいことを考えると空を飛べるようになるのではと考えるところが出てきます（でも、実際は、ティンカー・ベルの妖精の粉を振りかけてもらわなければ飛ぶことはできません）。

それと同じ趣向です。ここにおとぎ話のプロトタイプを見るような気がします。

それにしても、最近の日本人は心から腹を抱えて笑うことが少なくなったように思います。残念なことです。明治の頃に日本にきた外国人たちは、日本人が皆笑って生きているのを見て不思議に思うと共に、そのことに驚嘆したということです。

鳥おばさんを訪ねる

第7章「鳥おばさん」（The Bird Woman）では、ジェインとマイケルはメアリー・ポピンズに連れられて、ロンドンのセント・ポール寺院を訪ねます。ここでの最大の楽しみは、この寺院に群がるハトにえさをやることです。

昔は、文京区の根津神社でも千葉県成田山の新勝寺でも、ハトのえさを売っているおばさんがいました。今もまだ売っているのでしょうか。童謡『鳩ぽっぽ』（滝廉太郎作曲）を作詞した東くめの、浅草寺の本堂に向かって左側にある歌碑には「明治三十四年に観音さまの境内に於いて鳩とたわむれている子供らの愛らしい姿をそのま、歌によまれた」と書いてあります。その場所は、昔ハトのえさが売られていたところとも聞きます。一方で、東くめは善光寺のハトの姿を見て歌詞を作ったという説もあります。

ロンドンのセント・ポール寺院の鳥おばさんの光景は、そういう日本の光景と重なります。子どもにとってハトのえさやりは、生き物の世話をするという大きな喜びに通じ誰もが大好きです。ジェインとマイケルも同じです。セント・ポール寺院でもおばさんがハトのえさを売っています。今日はどちらがえさを買うか、子どもたちの心はそわそわと穏やかではありません。

メアリー・ポピンズはハトのことをsparrersと言います。sparrow（スズメ）の少し崩れてなおざりに聞こえるメアリー・ポピンズの発音を発音通りにつづった「異つづり」です。視覚方言（eye dialect）と呼ばれ、小説でよく使用される手法です。メアリー・ポピンズはスズメとハトの区別がつかないのでしょうか。そうではありません。sparrersと言ってもスズメの意味ではなく鳥の意味で用いているのです。種で類を表すシネクドキの用法です。どの鳥を見ても「鳥」としか言わないのは、メアリー・ポピンズがハトにはあまり興味がないことを物語っているのでしょう。子どもたちはこのハトのおばさんをどう観察しているのでしょうか。

"Feed the Birds, *Tuppence* a Bag!" said the Bird Woman, and Michael knew it was no good asking her any more questions. He and Jane had often tried, but all she could say, and all she had ever been able to say was, "Feed the Birds, Tuppence a Bag!" Just as a cuckoo can only say "Cuckoo," no matter what questions you ask him.

ハトのえさを売っているこのおばさんは、Feed the Birds, Tuppence a Bag!（ハトにえさをおやり。1袋2ペンス）の決まり文句しか言いません。売り子としての決まったことしかしゃべらないのです。それを知っているマイケルは、おばさんには何を聞いても無駄だと知っています。マイケルも姉のジェインも、今までに何度か試してみたことがあるのですが、鳥おばさんから返ってくるのはきまって「ハトにえさをおやり。1袋2ペンス」ということばだけだったので、このおばさんはほかのことばをしゃべることができないのではないかと考えるほどでした。

第二の扉 『メアリー・ポピンズ』

2ペンス two pence（penceは複数形で単数形はpenny）のことをtuppenceという表現は、1971年2月15日に英国の通貨が10進法になる「10進法の日（Decimal Day）」以前に用いられていました。当時は2ペンス銀貨1枚でハトのエサが買えたということです。鳥おばさんに何を尋ねても「ハトにえさをおやり。1袋2ペンス」としか言わないのは、カッコーに何を尋ねても「カッコー」としか言わないのと同じだと子どもたちは考えています。

この7章のタイトル The bird woman は「鳥のえさを売っているおばさん」の意味ですが、the bird woman（鳥おばさん）という表現は「鳥のような性質をもったおばさん」という解釈もできます。とすると、この章は the bird woman の2つの解釈のうちの「鳥のえさを売る」おばさんという解釈で始まり、もう一方のいつも同じ鳴き声（売り声）しかしないという点で「鳥の性質をもつ」おばさんという別の解釈にすり替えていくという仕掛けで作られていると読み解くこともできそうです。

子どもたちは、このたくさんのハトたちは、夜はいったいどこでどうやって寝るのだろうと頭をひねりながらセント・ポール寺院を後にします。もしかしたら、おばさんの周りに群がって寝るのではないかと思いをはせるのです。

メアリー・ポピンズが去るとき

『メアリー・ポピンズ』の最終章、第12章（West Wind）ではメアリー・ポピンズが西風に乗って去っていってしまいます。

子どもに物などあげたことがなかったメアリー・ポピンズから、ある日、マイケルはコンパスをもらいます。これは大事件です。何かおかしいと子どもたちは敏感に感じ取ります。メアリー・ポピンズはBehave yourself, please, till I come back.（お願いだからお行儀よくしていてね、戻ってくるまで）といって姿を消します。さて、このセリフもくせ者です。pleaseということばは、通例、その話し手にとって利益となる場合に限って使われることばです（174頁参照）。

メアリー・ポピンズが、子どもに対して何かを言いつけるときや、子どもをしつけるときにpleaseを使うことなど、いまだかって一度もなかったはずです。Behave yourself（お行儀よくちゃんとして）でよかったはずなのに、pleaseが付いている。おかしいと思いながらも、それでも子どもたちはメアリー・ポピンズはすぐに戻ってくるのだろうとじーっと待っています。なかなか戻ってこないメアリー・ポピンズ。ジェインとマイケルの姉弟はぽつりぽつりと話を始めます。

屋根裏にある子ども部屋

"How silly we are," said Jane presently. "Everything's all right." But she knew that she said it more to comfort Michael than because she thought it was true.

第二の扉　『メアリー・ポピンズ』

　ほどなくして口を開いたのはジェインです。「なんてばかだったのかしら、わたしたち。大丈夫、なにもかも大丈夫よ」これが強がりだということが、次の文でわかります。「そう口にしたのは、大丈夫と思っているからではなく、『大丈夫』とことばにすることによって弟のマイケルを少しでも安心させようと思ったからなのでした」とあるからです。ジェインは、大丈夫ではなさそうだと百も承知なのです。それでも、気丈にもお姉さんとして精一杯弟のことを気遣っているのです。痛々しいほどの健気さが伝わってきます。

　子ども部屋の時計は暖炉の上で大きな音を立てています。英国では子ども部屋は屋根裏にあります。屋根裏の用途は大きく二つです。普通は子ども部屋であることが多いのですが、書斎として使われることもあります。ジョンソン博士（Samuel Johnson, 1709-1784）が初めての『英英辞典』（*A Dictionary of the English Language.* 2vols., 1755）を編纂したのも屋根裏部屋でしたし、歴史家であり評論家であったカーライル（Thomas Carlyle, 1795-1881）も屋根裏に住んでいました。夏目漱石もロンドンでの最後の下宿は屋根裏でした。わたしたちの想像とは異なって、英国の屋根裏部屋はかなりのスペースがある居住空間となっています。

　さて、話を時計の音の描写に進めましょう。

静かに迎えた別れのとき

The Nursery clock ticked loudly from the mantelpiece. The fire flickered and crackled and slowly died down. They still sat there at the table, waiting.

子ども部屋の普段は聞こえない時計の音が大きく響いてくるというのは心理的な描写です。シーンと静まりかえって、メアリー・ポピンズがいなくなってしまった子ども部屋で、ぱちぱちと燃えていた暖炉の火はだんだんと火力がなくなりゆっくりと消えていきます。2人はじっとテーブルに座ったまま待ち続けます。

　この部分を映像にするとすれば、カメラはまず暖炉の上の時計の大写しからはじまり、暖炉の下へとゆっくりとパンしていき、暖炉の火を映し出します。じっと動かぬ2人の子どもの影。まさに、映画のようなワンシーンです。時間が無情に流れていくことを直接言わずに時間に隣接する光景を描くことによってメトニミーとして表しています。

　子どもたちは、メアリー・ポピンズが家から出ていく光景を目の当たりにします。とうとうこの日がきてしまったメアリー・ポピンズは、きたときと同じように風に乗って空の彼方へと飛び去ります。メアリー・ポピンズが行ってしまった後、寝ようとしたとき、ジェインは枕の下に包みを見つけます。開けてみると、メアリー・ポピンズの肖像画が入っていました。Mary Poppins by Bert. と署名があります。バートの作です。ジェインは、突然、絵に手紙が添えられていることに気がつきます。

Jane found suddenly that there was a letter attached to the painting. She unfolded it carefully. <u>It ran</u>:

　手紙が破れないようにと注意深く手紙を開けてみます。It ran: の it は the letter を指します。「手紙にはこう書いてありました」という意味です。その後に、手紙の中身が同格のように来るので「：」（コロン）が使われています。手紙の中身は、次のようなものです。

第二の扉 『メアリー・ポピンズ』

Dear Jane,

 Michael had the compass so the picture is for you. <u>Au revoir</u>.

Mary Poppins

She read it out loud till she came to the words she couldn't understand.

 手紙には、「親愛なるジェインへ　マイケルにはコンパス（方位磁針）をあげました。この絵はあなたへあげることにします。Au revoir　メアリー・ポピンズ」とありました。ジェインはマイケルに声に出して手紙を読んで聞かせるのですが、最後に書いてあるAu revoirのところでつかえてしまいます。英語ではない別のことばのようです。意味もわかりません。使用人のブリルおばさん（Mrs. Brill）に聞いてみます。

"また会いましょう"

 "Mrs. Brill!" she called. "What does '<u>au revoir</u>' mean?"
 "Au revore, <u>dearie</u>?" shrieked Mrs. Brill from the next room. "Why, doesn't it mean—let me see, <u>I'm not up in</u> these foreign tongues—doesn't it mean 'God bless you'? No. No, I'm wrong. I think, Miss Jane dear, it means To Meet Again."

 「ねえ、ブリルおばさん、au revoirてどういう意味」「au revoreですか、お嬢さま」と隣の部屋から大きな声が聞こえます。ブリルおばさんはフランス語がわからないので、聞こえたように反復して

います。それで、そのせりふは au revore という実際には存在しないつづり字で書かれています。その人の言ったままをつづり字に表すという手法は小説ではよく用いられるもので、ここでもまた視覚に訴える視覚方言が使用されています。

　dearie は dear の異形で、愛らしい子どもに向かって話すときに用いられる表現です。親が赤ちゃんことばで赤ちゃんに話しかけるように、dearie は子どもを相手にしたときに使用されることばです。「さあ何でしたでしょう、ちょっと待って下さい。外国語は得意じゃないから」とブリルおばさんは答えます。ここの be up in ～は得意であるという意味です。「神のご加護だったかしら。違うわ、違う。間違いだわ。そうね、ジェインお嬢さま、それは『また会いましょう』という意味だと思いますわ」と教えてくれます。子どもたちは「また会いましょう」という意味であると聞いて、ほっとします。ジェインとマイケルは顔を見合わせます。

Jane and Michael looked at each other. Joy and understanding shone in their eyes. They knew what Mary Poppins meant.

　やはりそうだったのだという喜びの思いで、ジェインとマイケルの目が輝きます。au vouir の謎が解けて、姿を消したメアリー・ポピンズが何を考えていたのかわかったのです。know は真実を知ったというときに用いる動詞です。ほっと安心した2人の様子は、真実を知ったという自信に裏付けられているのです。

　ジェインとマイケル姉弟のいじらしい光景の描写が続きます。

第二の扉 『メアリー・ポピンズ』

メアリー・ポピンズが去って…

Michael gave a long sigh of relief. "That's all right," he said shakily. "She always does what she says she will." He turned away.
"Michael, are you crying?" Jane asked.
He twisted his head and tried to smile at her.
"No, I am not," he said. "It is only my eyes."

マイケルは、ほっとしたのか、長いため息をつきます。give a long sigh では sigh に不定冠詞の a がついています。give a sigh、give a look、give a kick など give a N（名詞）の形では、不定冠詞の a（n）は one、つまり 1 の意味を色濃く残していますので、長いため息は 1 度です。「大丈夫」と言いながらもマイケルの声は震えています。「メアリー・ポピンズは『します』と言うときはいつもやるからね」と言うと、お姉さんから顔が見えないように顔を背けます。
「マイケル、泣いているの？」とお姉さんのジェインが声を掛けます。マイケルは振り返るとお姉さんにほほ笑もうとしますが顔がこわばってしまいます。tried to smile at her の tried to do は前に述べたように、笑みを浮かべようと努力するのですが、うまく笑えないという意味です。マイケルは「ぼく泣いてなんかいないさ。目が勝手に泣いているんだ」と強がります。いよいよ物語の最後の数行です。

She pushed him gently towards his bed, and as he got in she

slipped the portrait of Mary Poppins into his hand — hurriedly, in case she should regret it.

"You have it for <u>to-night</u>, darling," whispered Jane, and she <u>tucked</u> him in just as Mary Poppins <u>used to</u> do....

　お姉さんのジェインは、弟のマイケルを優しく抱えるようにしてベッドへ連れて行きます。マイケルがベッドに入ったとき、ジェインはメアリー・ポピンズの肖像画を彼の手の中に滑り込ませます。それも意を決したように素早く滑り込ませたのです。今そうしなければきっと後悔するに違いないと思ったからです。ジェインはマイケルに「今夜はこれ、あなたが持っていていいわ」とささやくように言います。そしてメアリー・ポピンズがかつてやってくれていたように暖かく布団をかけ直してあげるのでした……。これが『メアリー・ポピンズ』のお話の終わりです。

　to-nightとハイフンのある形式は少し古い形の英語ですが、物語の中にはよく出てきます。to night（夜に向けて）が元の意味です。tomorrowはto morrow（朝に向けて）、todayはto day（昼間に向けて）が元の意味となっています。

　最後の文にあるtuckは、寒くないように、寝具などでぴったりと包み込むようにかけ直し整えるという意味です。ここではused toが涙をそそります。かつての習慣を表すused to doですが、過去の習慣を表すwouldよりも現在との対比を鮮やかに表す表現として使われます。以前はメアリー・ポピンズがやってくれていましたが、いなくなってしまった今、それはもう望んでも決して実現しないという意味が込められています。メアリー・ポピンズがいなくなってしまった後のうつろな心の中で、精一杯弟を思いやるいじらしい姉の姿が目頭を熱くします。本当は抱きしめてもらいたいのは

第二の扉　『メアリー・ポピンズ』

姉の方であるはずなのに……。

その後のメアリー・ポピンズ

　トラヴァースは、姿を消す前のメアリー・ポピンズに、ジェインとマイケルの姉弟に向かって Behave yourself, please, till I come back.（お願いだからお行儀よくしていてね、戻ってくるまで）と言わせています。これは続編への布石とも考えられます。物語の中のジェインとマイケルに向かって言っているのではなく、『メアリー・ポピンズ』の読者である子どもたちへのメッセージであるかもしれません。

　Mary Poppins（『メアリー・ポピンズ』、1934年）の後、このシリーズは *Mary Poppins Comes Back*（『帰ってきたメアリー・ポピンズ』、1935年）、*Mary Poppins Opens the Door*（『とびらをあけるメアリー・ポピンズ』、1943年）、*Mary Poppins in the Park*（『公園のメアリー・ポピンズ』、1952年）と合計4冊の本が出版されることになります。

　さらに同じ著者による *Mary Poppins from A to Z*（『メアリー・ポピンズ──AからZまで』、1962年）という楽しい本もあります。前の4冊のお話に出てくる、いろいろな人物や動物が登場するアルファベット遊びです。from A to Z は「始めから終わりまで」「〜のすべて」という意味で用いられる表現です。

　ABC は The book is as easy as ABC. と表現されるようにやさしいという意味で、Z はアルファベット文字の最後なので究極という意味で用いられます。自動車のフェアレディZの命名は、これ以上の車はないという意図で付けられたのです。*Mary Poppins from A to Z* のタイトルには「メアリー・ポピンズのすべて」という意

味に加えて、AからZまでの26の章から成る、文字どおりアルファベットのAからZまでという意味も表されているのです。1975年には *Mary Poppins in the Kitchen*(『台所にいるメアリー・ポピンズ』)という書名の、これまた楽しい料理本が出版されています。

Mary Poppins from A to Z の表紙

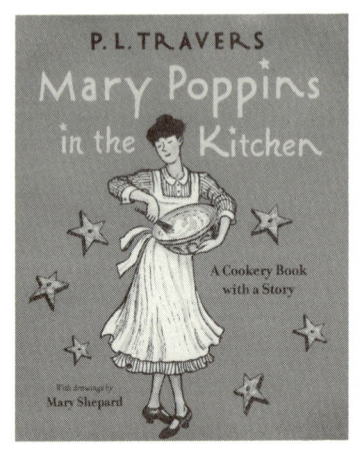

Mary Poppins in the Kitchen の表紙

ことばを楽しむ 2 ──【数え方にこだわる】

英語の名詞は、数えなくてはいけない可算名詞と数えてはならない不可算名詞とに分かれています。この概念は日本語にはないので、日本人にはわかりにくいものとなっています。皆さんも、ずいぶん悩まされたのではないでしょうか。わたしたちの目からすれば数えることができそうなのに、数えてはならない不可算名詞もあります。わたしたちが最も間違いやすい単語の典型例は、次のようなものです。

advice（忠告）、baggage/luggage（手荷物）、chalk（チョーク）、furniture（家具）、homework（宿題）、information（情報）、money（金）、news（ニュース）、progress（進歩・前進）、research（研究）

日本語では「1つ忠告をしておこう」、「今年の十大ニュース」、「握っている情報は2つある」など、どれも数え上げることができますが、英語では、×an/×one advice（1つの忠告）、×ten big newses（十大ニュース）、×two informations（情報が2つ）のように数えてはならないのです（×印は英語の表現としては存在しない表現を表します）。これらのものを数えようとするときには、two pieces of advice/news/information と数えなくてはなりません。この場合、不可算名詞の advice や information が数えられる名詞として数えられているのではありません。数えるものが a piece という可算名詞にすり替えられているにすぎません。このすり替えは、「十大ニュース」を ten big news stories と言うときにも使われて

います。ten big news stories では、不可算名詞の news を可算名詞の story という名詞を修飾する形容詞用法の名詞として使用しています。つまり数える対象を可算名詞の a story にすり替えてしまうという手品のようなあざやかな手法が用いられているのです。

違う例を見てみましょう。たとえば、髪の毛 (hair) は、たくさんある場合には、a や an のつかない無冠詞単数形で不可算名詞として用いられます。

She has got very long hair.（彼女は髪が長い）

髪の毛は、ふさふさとあるときには不可算名詞ですが、数えることができるような1～2本のときには There is a hair in my soup.（スープに髪の毛が1本入っている）のように可算名詞となります。

hair と同じ特徴を示す語に tear（涙）があります。tear は普通は複数形で用いられます。例えば、「涙を流す」は to shed tears、「彼女は泣き出した」は She burst into tears、「涙でいっぱいの目」は the eyes with tears、「観衆の涙を誘う」は to draw tears from the audience のように複数形で使用されます。わたしたちが泣くときには何粒かと数えられないほどたくさんの涙が目から流れ落ちるので、tears と複数形を用いると想像できます。このような数えられないほど大量のものの複数形は強意複数 (Intensive plural) と呼ばれることがあります。

では「1粒の涙が頬を伝わる」と表したいときにはどうしたらよいのでしょう。英語でも、日本語と同じ感覚があり、a tear, two tears という表現が用いられます。

A tear ran down his cheek as he tried to sleep.（眠ろうとしていると、1粒の涙が彼の頬を伝わって落ちた）

Two tears dropped on his cheek as the information sank in.（ことの次第がだんだんわかってくると、両目から涙が一筋頬をつたわった）

tearは、たくさんあるときは複数形で数詞を付けずに用いますが、hairと同じように、数がわかるほど少ない場合には、1粒2粒と数えることができるのです。

個体を数えるのか、種類を数えるのか

数え方には2通りあります。1つは、2つ、3つと個体（token）の数を数える場合、もう1つは、2種類、3種類と種類（type）を数える場合です。I have two books in my bag. と言えば、かばんの中にあるのは、たとえば、人にあげるために同じ本を2冊もってきているということかもしれないし、電車の中で読むために2種類の本をもってきているという意味かもしれません。個体の数と種類の数とは英語の表現とどのように関わっているのでしょう。

fish（魚）は何匹いるかを言いたいときには不可算名詞となります。I saw two fish in the pond. のように用います。池で確認できたのは2匹の魚であるという意味となります。

一方、We have three fishes in the pond. とfishが複数になると、池で飼っている魚は3種類いることになります。これだけでは、その池にいったい何匹の魚がいるのかわかりません。1種類に付き1匹であれば、総数は3匹ですが、とてつもない大きな池に、千匹の単位で魚が群れている場合であっても3種類しかなければ、この表現が用いられます。

個体数を数えるときには不可算名詞となり、種類を表すときには

two fish と three fishes

可算名詞となる語の例には、次のようなものがあります。

cheese（チーズ）、wine（ワイン）、rice（コメ）、sand（砂）、metal（金属）、fur（毛皮）

wine は、複数の種類を表すときには、次のように用いられます。

Unlike most of what was on the menu, two wines were actually available, a semi-sweet white and a semi-sweet red.（British National Corpus『英語コーパス BNC』）（メニューに載っているほとんどの酒とは異なり、ワインには2種類が用意されていた。やや甘めの白ワインとこれまたやや甘めの赤ワインであった）

rice もまた個体を表すときには不可算名詞として用いられていますが、次の文に見るように、2種類の米のように種類を話題とするときには、two rices（2種類のコメ）と可算名詞として用いられます。

Two rices are grown in India, short-grained and long-grained.（Lehrer 1974, 19）（2種類のコメがインドでは栽培されています。ジャポニカ米とインディカ米です）

第三の扉

『チャーリーとチョコレート工場』

ロアルド・ダール（Roald Dahl, 1916-1990）の英語は、英語表現に関心の高い教員の間では格調が高く魅力的であり、読者をとらえて離さないという定評があります。英語教育の現場でも教材としてよく使用され信頼されている作家の1人です。ダールの書いた幾多の作品の中から1冊ピカイチの作品を挙げよと言われれば、迷うことなく、『チャーリーとチョコレート工場』（*Charlie and the Chocolate-Factory*, 1964）になるでしょう。そう考えるのは、わたしだけではありません。英語語法文法学会に集まるさまざまな大学の教員の中で少しでもダールに親しんだ研究者は、異口同音にこの作品を推します。「そうだ、そうだ」と、しばらくは『チャーリーとチョコレート工場』の話題で盛り上がります。

　2010年にこの作品を初めて読んだとき、これまで学んできた英語がすべて出てくるという思いがしました。読み方にもよりますが、読めば読むほど味が出てくる英語の表現にあふれています。この物語は、わき出る泉のようなみずみずしい英語にあふれているのです。加えて、ユーモアたっぷりな登場人物の名前や頭韻を駆使した表現など、その豊かな英語の表現を味わいながら楽しまなくてはもったいない作品です。

名前に隠された秘密

　チョコレート工場の工場主はウィリー・ウォンカ（Willy Wonka）と言います。Wが繰り返される頭韻となっています。Wonkaという名前は、英国人の名前としては聞き慣れないもので、ここからもう何かが仕掛けられている「匂い」がします。

　実は、この名前はa know（何でもよく知っている人）という名詞の逆つづりとなっているのです（上山・吉川 1972.154）。この天

第三の扉 『チャーリーとチョコレート工場』

才的なお菓子の発明家の名前 Wonka には、お菓子のことなら何でも知っている人という意味が込められているのです。菓子作りの天才による発明は「溶けないアイスクリーム」「減らないキャンディー」「触るだけで味がわかる飴」「アツアツ氷」など枚挙にいとまがありません。swudge という不思議なお菓子も作ってしまいます。swudge は sweet と fudge（あめ）の２つの語をくっつけて新たに作った「かばん語」(portmanteau word) です。

物語の中心となるウォンカさんの工場は、誰も入れず秘密のヴェールに閉ざされています。この秘密の工場を見学できる招待状がたった５枚、普通のチョコレートのパッケージに隠されることになりました。この招待状を見つけた子どもたちを工場に招待するという広告が新聞に載ったのです。世界中の人々が招待状を血眼になって探し始めます。

最初に見つけたのはチョコレートばかり食べているどうしようもない男の子です。名前をオーガスタス・グループ（Augustus Gloop）と言います。Augustus（オーガスタス）とはローマの初代皇帝の名前ではありませんか。わたしだったら最もどうしようもない Greedy Gloop（食い意地の張ったグループ）と頭韻の名前を付けたくなるような少年に、ダールは Augustus という最上級の立派な名前をつけてふざけています。ここでもダールのユーモアに読者は飲み込まれていきます。

招待状を２番目に見つけたのはベルーカ・サルト（Veruca Salt）という女の子です。ピーナツ工場の社長である Salt さんのお嬢さんです。Salt という名字は「塩」です。ここでも、チョコレートの甘さに対して塩の辛さが対照的に織り込まれています。

３番目に招待状を見つけたのは、バイオレット・ボールガード（Violet Beauregarde）です。いつもガムをかんでばかりいるこの

少女、物語の中盤にウォンカさんの制止も聞かずに、まだ不具合がある未完成のガムを食べてしまいます。そして、紫色の風船のように大きく膨らんでしまいます。Violet の名前は、そのエピソードに由来して付けられているのでしょう。

　4番目に招待状を手に入れたのはテレビ好きの少年です。名前はマイク・テービー（Mike Teavee）と言います。Teavee の名字は間違いなく TV（ティーヴィー[＝テレビ]）に由来しています。英語では ea のつづり字は、tea, pea, peace, teach, east, heat, peach, reach に見るように［iː］と読むのがごく普通の読み方です。Teavee の前半の Tea の部分のつづり字と発音との関係は、英語の典型的な対応関係を使用して作られています。逆に言えば、英語で ea のつづり字を［iː］以外の読み方、例えば［ei］と読むのはきわめて例外的です。英語で ea のつづり字を［ei］と読むのは、break, great, steak の3語しかありません。Teavee の後半の ee というつづり字も［iː］と読むのがきわめて一般的なつづり字と発音の関係となっています。ee を短く［ɪ］と読む語は been（be 動詞の過去分詞形）と Greenwich（グリニッジ（世界標準時のグリニッジ天文台のあるロンドンの西に位置する英国都市名））の2語しかありません。Teavee という名前のつづり字は何気なく作ってあるように見えますが、実は英語の音声とつづり字の対応の規則にみごとに則って作られている模範解答となっていたのです。

　5枚目、最後の招待状を見つける幸運を得たのが、この物語の主人公であるチャーリー・バケット（Charlie Bucket）です。Charlie はまともな名前ですが、名字は Bucket で「バケツ」の意味です。あまり上等な名字とは思えません。

　Charlie and the Chocolate Factory の書名では Charlie と Chocolate が頭韻となっています。目次を見ると章の題名にも Mr. Willy

第三の扉　『チャーリーとチョコレート工場』

Wonka's Factory（ウィリー・ウォンカさんの工場）、Two more Golden Tickets Found（金の招待状もう２枚見つかる）、Grandpa Joe Takes a Gamble（ジョーおじいさん一か八かの掛け）、Augustus Gloop Goes up the Pipe（オーガスタス・グループ　パイプで吸い上げられる）、The Great Gum Machine（巨大なガム製造機械）、The Great Glass Elevator（超高性能のガラス・エレベーター）、Mike Teavee is sent by Television（マイク・ティーヴィーを電送）など頭韻がちりばめられており、目と耳を楽しませてくれます。

　『チャーリーとチョコレート工場』の本文にも、意外なほど多くの頭韻が使われています。ここで原書の中からいくつかご紹介しましょう。英文の後の、CCF：21は『チャーリーとチョコレート工場』の原書21頁を表します（Puffin, 2007年）。

　Flags were flying.（旗がはためいていた）（CCF：21）
　Great flabby folds of fat bulged out from every part of his body,…（ぶくぶく太っていたので身体中いたるところブクッと膨らんでいた）（CCF：21）
　People in the town stopped and stared.（街の人々はぎょっとして立ち止まり凝視した）（CCF：16）
　He smiled at them, a small sad smile（ささやかな寂しそうな笑みを浮かべた）（CCF：29）
　The passages were sloping steeper and steeper downhill now.（工場見学者たちはどんどん下り勾配が急になる下り坂を下っていった）（CCF：62）
　You could hear the never-ending suck-suck-sucking sound of the pipes as they did their work（工場が稼働している間、吸引パイプが四六時中ススッススッと吸い上げている吸い上げ音

が［すぐそばで］聞こえていた）(CCF：64)

weeping willows（しだれ枝のしだれ柳）(CCF：64)

All made of something different and delicious!（どれもみな違う味で珍味だった）(CCF：66)

韻と共にすすむ物語

『チャーリーとチョコレート工場』の物語は、次のように始まります。

大都会の片隅で肩を寄せ合って生きている家族がいます。チャーリー・バケット（Charlie Bucket）は、父親と母親、父親の両親、母親の両親という7人家族の一人っ子です。この最も幸せとも思える家族構成の住み方をしている人たちが、お金には最も縁遠い生活をしています。父方の両親の名前はジョー（Joe）とジョセフィン（Josephine）、母方の両親の名前はジョージ（George）とジョジーナ（Georgina）です。この名前おかしいと思いませんか。父母の両親の名前がどちらも頭韻を踏んでいるのです。こんな偶然があるはずはありません。物語とは、そういう偶然が知らん顔して当たり前のように登場するものなのです。

韻を踏んだ名前はほかにも登場します。チョコレート工場ではウンパ・ルンパ（Oompa-Loompa）という南の国の小人たちが働いています。Oompa-Loompaは単語の頭が同じ子音となる頭韻とは逆で、語末が同じ発音となる脚韻（Rhyme）になっています。単語の語末が同じ発音というのは、正確には強く発音する強勢のある母音から語末までの発音が全く同じ場合（で母音の前の子音が異なる場合）に脚韻を成すと韻律論では言われています。ウンパ・ルンパはすでに英語を話せるようになっていますが、もとはウンパルン

パ語を話していました。この言語は、原書ではウンパルンピシュ(Oompa-Loompish)と呼ばれています。Oompa-Loompish は English との類推で造語されたものです。

匂いも"食べる"チャーリー

　チャーリー一家の食事はいつもキャベツのスープです。お金がなくて、これしか食べることができないのです。育ち盛りのチャーリーはいつもおなかをすかせています。そのチャーリーは、学校の行き帰りの通学路なので、どうしてもチョコレート工場の前を通ることになります。工場から漂ってくるおいしそうな匂いをクンクンとかいで、少しでもチョコレートを食べた気になりたいという描写が出てきます。日本であれば、うなぎ屋の前で思わず匂いをかいでしまう、あの光景です。

> Sometimes, he would stand motionless outside the gates for several minutes on end, taking deep swallowing breaths as though he were trying to *eat* the smell itself.

　時折、チャーリーはチョコレート工場の門のところで、しばらくずっとその場に釘付けになったように立ち尽くし、息を大きく飲み込み、あたかもチョコレートの匂いを食べようとしているかのようにするのでした、とあります。

　Sometimes, he would stand の would は過去の不規則的な習慣を表します。for several minutes on end の on end は「続けて」の意味です。eat the smell itself（チョコレートの匂いを食べる）とは妙な言い方です。eat は、常に目的語に食べ物がくる動詞ですから

the smell（匂い）がくるには無理があります。においはかぐもので食べるものではありません。だからこそ as though 節（あたかも…するかのように）というあり得ない描写を述べる節の中で用いられています。

　どちらも「食べる」ことを表す eat と swallow の違いは、eat の目的語は食べ物に限られますが swallow の目的語はそうとは限らない、と第一の扉で述べました。eat は通例、歯で噛んで食べる意味ですが、swallow は噛まずに飲み込む意味です。なお、「薬を飲む」と言いたいときには、eat, swallow は用いません。take を用い Take this medicine/two tablets.（この薬を飲んで／2錠飲んで）となります。

あふれることば遊び

『チャーリーとチョコレート工場』には、生き生きした表現が多く使われています。例えば He's laughing his head off! という表現があります。これは「大笑いをする」という意味ですが、文字通りには、「笑って頭が胴体から離れてしまう」「頭が胴体から離れてしまうほど笑う」という意味です。日本語でも「顎が外れるほど笑う」「へそで茶を沸かす」のように文字通りに考えるとおかしなことになる大げさな表現がいくつもあります。laugh one's head off も同じ誇張（hyperbole）です。

『チャーリーとチョコレート工場』には a poached egg という表現も登場します。落とし卵（a poached egg）は、英国のホテルで朝食に卵を注文するときのメニューの1つですが、このことばが原書に出てくる箇所を見てみましょう。

第三の扉 『チャーリーとチョコレート工場』

Just as a poached egg isn't a poached egg unless it's been stolen from the woods in the dead of night! Row on, please!

「ちょうど落とし卵（a poached egg）が、真夜中に森の中で密猟されない限り落とし卵（a poached egg）と言えないのと同じ、明々白々じゃ。舟を漕げ!」とあります。ホテルの朝食に出されるような「落とし卵」の意味だと何かおかしなことになりそうです。とにかく、「落とし卵」と「盗まれる」とはいったいどういう関係にあるのだろうと、誰もが不思議に思うところです。

poach という単語を調べてみると poach には同音同つづりで意味が異なる2つの動詞があることがわかります。辞書には並んで別の見出しで載っています。poach^1（密猟する）、poach^2（卵などを熱湯に落とす）です。この「落とし卵」と「密猟された卵」の2つの意味を掛けて、読者をわざとまごつかせているのです。仕掛けがわかってニヤリとする読者を想像して、作者のダールはうふうふと笑いを隠せずにいることでしょう。ダールの顔が思い浮かぶ箇所の1つです。

金の招待状を引き当てた！

最後の5枚目を引き当てたチャーリー・バケットが、家に飛んで帰る様子が活写されています。

"Thank you," Charlie said, and off he went, running through the snow as fast as his legs would go. And as he flew past Mr. Willy Wonka's factory, he turned and <u>waved at it</u> and <u>sang out</u>, "I'll be seeing you! I'll be seeing you soon!" And five minutes later he arrived at his own home.

　チャーリーは「ありがとう」と言うやいなや店を後にします。外は雪です。雪の中、足を動かせるだけ動かしてできるだけ速く走ります。as fast as his legs would go は全速力で走ったことを表します。そして、ウィリー・ウォンカさんの工場の前を飛ぶように通り過ぎてゆきます。工場の横を走り抜けるとき、チャーリーは振り返り工場に向かって手を振りながら歌うように叫びます。「ぼくはきみに会いにくることになったよ」と。sang out（歌うように言った）からもわかるように、チャーリーの喜びは想像を絶するものに違いありません。そして、瞬く間に家にたどり着きます。

　waved at it（it＝ウィリー・ウォンカさんの工場）では、工場に向かって何を wave したのかの目的語が述べられていませんが、目的語が明示されていない wave は、必ず暗黙の目的語として「手」が想定されていますので、wave は「手を振る」の意味となります。wave は見かけは目的語がないので自動詞のように見えるにもかかわらず、実は他動詞と同じ性質を持っている動詞です。自動詞の仮面をかぶって自動詞のような顔をしながらも、正体は他動詞なので「疑似自動詞」（pseudo-intransitives）と呼ばれます。

　疑似自動詞として用いることができる動詞には、eat, drink, read, smoke, wash などがあります。目的語として想定されている語は、eat では「食べ物」、drink では「酒」、read では「本」、smoke では「たばこ」、wash では「衣類」となります。疑似自動詞として使用する場合には、I was reading/drinking, when he visited me.（わたしは読書をしていました／酒を飲んでいました、彼が訪ねてきたときには）のように進行相で用います。×I have read/drunk. と完了相で用いることはできません。

第三の扉　『チャーリーとチョコレート工場』

　チャーリーは工場に手を振りながら I'll be seeing you.（ぼくはきみに会いにくることになったよ）と叫びます。なぜここは I'll see you soon. ではなく I'll be seeing you. なのでしょうか。英語の未来を表す表現、特に主語が人である場合は、どうしても主語の意志が入り込みやすい表現となっています。その中で will be doing の形式は、すでに第一の扉で見たように、主語の意志が入り込まないようにする未来を表す表現です。自分の意志とは無関係に、「この金の招待状を手に入れたからには、このまま何か特別な支障でも起こらないかぎり工場を訪ねることになります」と自分の意思とは関係ない表し方をしたのです。

　チャーリーが手に入れた金の招待状には、どんなことが書いてあったのでしょうか。招待状は、温かく心のゆき届いた英語に満ちています。その手紙をじっくりと読み解くことにしましょう。

握るのは「手」なのか「あなた」なのか

Greetings to you, the lucky finder of this golden ticket, from Mr. Willy Wonka! I shake you warmly by the hand!

　招待状は「こんにちはウィリー・ウォンカです。金の招待状を見つけた幸運な皆さん。皆さんを心より歓迎します」と始まります。from Mr Willy Wonka は greetings to you from Mr. Willy Wonka と続きます。
「皆さんを心より歓迎します」のところは、I shake your hand warmly. ではなく、I shake you warmly by the hand! と表現されています。この2つの表現はどう違うのでしょうか。
　受験英語で同じ意味を表す文章として書き換えの練習をするとき

に、この2つの文が使われることがありますが、実は意味が大きく異なっています。この2つの文を見てすぐにわかることは、目的語が違うことです。shakeの目的語がyour handなのかyouなのかによって、感情の高ぶりやあふれ出る気持ちが異なってきます。I shake your hand warmly.とshakeの目的語がyour handである文は、単なる儀礼的挨拶としての「握手をする」ことなのです。

I shake your hand warmly.　　I shake you warmly by the hand.

　一方、I shake you warmly by the hand!とshakeの目的語がyour handではなくyouである文は、あなたの手ではなく、あなたのすべてを心から受け入れる意味を表します。動詞で表されている動作は目的語に向かうからです。従って、John hit Mary in the face.（ジョンはメアリーの顔を殴った）という文は、John hit Mary's face.よりもずっと憎しみがにじみ出ている表現となります。
　招待状の手紙は続きます。

わくわくする招待状

Tremendous things <u>are in store</u> for you! Many wonderful surprises await you! For now, I do invite you to come to my factory and be my guest for one whole day ― you and all others who are lucky enough to find my Golden Tickets. I, Willy Wonka, will conduct you around the factory myself, <u>showing you everything that there is to see</u>,

とてつもなくすごいことがあなたを待ち受けています、とあります。are in store for you は「あなたを待ち受けている」という意味です。そして、たくさんのすてきな驚きが、あなたを待っています。ここにあなたを慎んでわたしの工場にお招き致します。丸一日わたしの客人としてお招きします。あなたをはじめ、ほかの幸運な金の招待状を引き当てたお子さんたちをご招待申し上げます。わたくしことウィリー・ウォンカ自らが工場内をご案内申し上げます。工場内をあまねくお見せ致します、と続けられています。

秘密に閉ざされた工場の中は、まだだれも見たことのない世界です。その工場をウォンカ工場長自らが丸一日付きっきりで隅々まで案内してくれるというのです。showing you everything that there is to see（見ることができるものはすべて包み隠さずお見せする）の表現に、気っぷの良さが感じられます。夢のようなことが、今さに起ころうとしているのです。手紙は工場見学の後のことを説明し始めます。

トラックに積んであるのは…

and afterwards, when it is time to leave, you will be escorted home by a procession of large trucks. <u>These trucks</u>, I can promise you, <u>will be</u> <u>loaded with enough delicious eatables</u> to last you and your entire household for many years. If, at any time thereafter, you should run out of supplies, you have only to come back to the factory and show this Golden Ticket, and I shall be happy to refill your cupboard with whatever you want. In this way, you will be able to keep yourself supplied with tasty morsels for the rest of your life.

そしてその後、見学が終わって家路に着くときには、大きなトラックが何台も列になってあなたを家まで護衛いたします。トラックには、お約束しましょう、一生かかっても食べきれないほどのおいしいお菓子が山積みになっています。将来そのお菓子がなくなってしまうようなことがあれば、またこの工場を訪ねてください。そして、金の招待状を見せてください。わたしはあなたの戸棚をまた大好きなお菓子でいっぱいにして差し上げます。このようにして、あなたはおいしいお菓子を、一生涯いつでも手に入れることができます、とあります。

工場の中を見ることができるというだけでもすごいことなのに、この招待は工場見学だけではなかったのです。一生かかっても食べきれないお菓子のお土産付きであったことが判明します。そのお土産は帰りにトラックに積まれて、自宅まで送られるのですが、そのお土産は These trucks will be loaded with enough delicious eatables と描写されています。

トラックに品物を積むことを表す表現には、次のような2通りの言い方があります。この2つの文は意味が違います。

I loaded the delicious eatables on these trucks.
I loaded these trucks with delicious eatables.

the delicious eatables が目的語となっている上の文は、単に目的

語の the delicious eatables（そこにあるとてもおいしいお菓子）を
トラックに積み込むという意味になります。そこに用意されている、
とてもおいしいお菓子が全部積み込まれれば、それで作業は完了と
なります。おそらくトラックがお菓子で一杯になることはないでし
ょう。一方、下の文章のように these trucks が目的語となると、
with 以下にある delicious eatables でトラックをいっぱいにすると
いう意味となります。ウォンカさんの意図はトラック山積みのお菓
子を子どもたちに、それも trucks と複数形になっているので、何
台分もプレゼントするということなのです。ここで eatables（食べ
られるもの）は「お菓子」を表すシネクドキとして用いられていま
す。

　しかし、これは招待の日に予定されている最もすごいことなんか
ではないのです、とウォンカさんの筆は子どもたちの期待をさらに
募らせていきます。

何かすばらしいことの準備がすすんでいる

　ウォンカさんは、工場見学の驚きはこんなものではなく、もっと
すごいものだと続けます。

But this is by no means the most exciting thing that will happen on the day of your visit. I am preparing other surprises that are even more marvelous and more fantastic for you and for all my beloved Golden Ticket holders — mystic and marvelous surprises that will entrance, delight, intrigue, astonish, and perplex you beyond measure. In your wildest dreams you could not imagine that such things could happen to you! Just wait and see!

　あなたと、そして金の招待状を持ってあなたと一緒にやってくるほかの親愛なる子どもたちのために、わたしが用意していることは、こんなものではありません、もっとすごい、もっとすてきなものを今ちょうど準備しているところです——不思議ですてきな驚きの数々に、みなさんは魅了され、喜び、わくわくし、びっくりし、そして、困惑すらすることでしょう。それは想像をはるかに超えたものとなるでしょう。どんなに奇想天外な夢の中でさえ、あなたが想像すらできなかったことが、あなたの上に起こるかもしれないのです。さあ、それは見てのお楽しみです、とあります。

　by no means, beyond measure とあるように、ウォンカさんの子どもたちの歓待は想像を絶するもののようです。そして I am preparing other surprises と進行相で書いています。招待状を手に入れた子どもたちの目には、自分たちを迎える準備を、着々と進めているウォンカさんの姿が浮かぶようです。読者であるわたしたちも、今まさにいそいそと準備を進めているウォンカさんの姿を目の当たりにするような気持ちになります。

　手紙は、当日の注意事項に話が進みます。

歓待する、ていねいな手紙

And now, here are your instructions: The day I have chosen for the visit is the first day in the month of February. On this day, and on no other, <u>you must come to the factory gates at ten o'clock sharp in the morning</u>. Don't be late!

第三の扉　『チャーリーとチョコレート工場』

　さて最後に注意事項を申し述べます。工場訪問の日は2月の1日です。この日、まさにこの日に、午前10時きっかりに工場の門のところにぜひお越しください。遅れないように！と書いてあります。

　you must come to the factory gates at ten o'clock sharp in the morningではmustが使用されていますが、mustは強い義務や命令を表しているのではありません。親しい間柄の人に対しての丁寧なお誘いを表しているのです。例えば、You must have a cup of coffee.（ぜひコーヒーをお召し上がり下さい）、You must come and see me.（今度ぜひおいで下さい）というときのmustです。両手を広げて歓待しているウォンカさんの心情がにじみ出ているところです。

　手紙の結びの部分は、次のように書かれています。

And you are allowed to bring with you either one or two members of your own family to look after you and to ensure that you don't get into mischief. One more thing — be certain to have this ticket with you, otherwise you will not be admitted.

　　　　　　　　　　　　　　　　　(Signed) Willy Wonka.

　あなたを見守るために、ご家族の方の1人か2人に付き添ってもらってください。工場の中では、いたずらはしないようにお願いします。そして、最後にもう1つ。この招待状を必ず持ってきてください。招待状がなければ工場への入場は許可されません。ウィリー・ウォンカ（の署名）、と結ばれています。

　チャーリー・バケットがこの招待状を見つけたのは、2月1日の前日でした。まさに滑り込みセーフで、この好運が実現することに

なります。当日、工場の前は、招待状を引き当てた5人の子どもたちの姿を一目見ようと、黒山の人だかりです。子どもたちは両親に伴われて姿を現します。チャーリーはジョー（Joe）おじいさんと2人で工場の前に姿を現します。

and がつなぐ深い関係

　この物語はなぜ *Charlie and the Chocolate Factory*（『チャーリーとチョコレート工場』）と名付けられているのでしょうか。物語は「チャーリー」と「チョコレート工場」という接点のないものが対峙する形で始まります。

　and には無関係のものを結びつける機能があり、ここではそれが最大限に発揮されています。お金とは縁のないバケットさんの家で、チャーリーがチョコレートを口にできるのは、年1回の誕生日のプレゼントとして、それもたった1枚買ってもらえるときだけです。チャーリーにとって、チョコレート工場は、前を通ることしかできない場所であり、チョコレートは工場から漂ってくる匂いでしか感じられないものなのです。このチャーリーが金の招待状を引き当てたことで、門を固く閉ざし自分を拒否していた工場の中に、それも招待されて入ることになります。

　ここで、最初は対峙していた Charlie and the Chocolate Factory は、Charlie in the Chocolate Factory（チョコレート工場の中のチャーリー）となって展開していきます。招待された5人の子どもたちの中で一番さえないチャーリーが、工場長のウォンカさんから一番歓待されているように思われます。ウォンカさんは、子どもの本質を、人の本質を見抜いていきます。「この子に……」との決心は次第に固まっていきます。ウォンカさんは、チャーリーを自分の後

第三の扉　『チャーリーとチョコレート工場』

継者として、チョコレート工場をチャーリーという子どもに譲り渡すことを決心します。Charlie's Chocolate Factory（チャーリーが所有するチョコレート工場）の誕生です。

Charlie and the Chocolate Factory（『チャーリーとチョコレート工場』）の物語は、Charlie と the Chocolate Factory のそれぞれを2つの独立したものとして結ぶ機能を果たす and に始まり、その懐に入って in となり、最後に、所有を表す 's になるという物語として読み進めることができるのです。一見学者として工場に入っていったチャーリーは、工場主として工場から出てくることになります。

この作品は、こういうあらすじのまとめよりも、細部におもしろさがあります。名作は細部で記憶されるとも言われるように、チョコレート工場では、チョコレートの川で舟に乗ったり、リスたちが山のようなクルミを次々に割っていたり、縦横無尽に動くガラスのエレベーターに乗ったり、といったさまざまな体験があったかと思うと、Square Sweets That Look Round（四角いお菓子で丸く見える）という不思議なお菓子との出会いもあります。工場を訪れる5人の子どもたちとその親が三つ巴で繰り広げる奇想天外な工場見学の顛末は、ぜひ原作でお楽しみいただきたいと思います。

―《ことばの勉強室（6）》―

英語における未来の表し方

日本語では未来を表すときには、「明日出発します」「来年もフランスに行きます」のように現在時制を使用します。英語では、助動詞 will を用いて未来を表すか、あるいは、日本語と同じように現在時制を用いて未来を表します。英語の動詞には、現在時制と過去時制はありますが、未来時制はありません。

例えば、助動詞を用いて未来を表すときには、will leave となります。

He will leave tomorrow.（明日出発するでしょう／出発すると思います）

単純未来の意味の will は、発話時（現時点）の話し手の予測を表しています。しかし、現在時制を用いて未来を表すとなると、事情は異なってきます。

He leaves tomorrow.
He is to leave tomorrow.

He leaves tomorrow. と He is to leave tomorrow. は会社などの機関からの出張命令を受けて、明日の出発がすでに発話時に確定している場合に用いることができます。

進行相を用いて未来を表す表現を使用するときには、発話時にその準備がすでに始まっている必要があります。例えば、She is going to have a baby という進行相は、彼女のお腹が大きいか、あるいは少なくとも妊娠していることを知らなければ使用できません。この例のような現在時制を用いて未来を表す表現は、出発へ向けての準備が着々と進められているという現状があってはじめて使用できるのです。

He is going to leave tomorrow.
He is leaving tomorrow.

天気について述べる場合には、進行相か will を使うかによって、意味合いが変わってきます。例えば、天気について It's going to rain.（雨になりそうだ）と聞けば、空を見ながら雲行きが怪しいので雨になりそうだと判断したと想像されます。

一方、It will rain tomorrow. であれば現在の知識に基づく予測を表すことになり、天気予報の言い方として適格な表現となります。天気予報で気象予報士が It's going to rain tomorrow. と言うとすれば、それは海を見ながら明日の天気を判断している漁師のようで、とても気象予報士による予報の感じにはなりません。

未来を表す現在時制の表現は、必ず tomorrow などの未来の時を表す副詞と共に用いられます。これらの副詞がなければ、現在の意味になってしまいます。が、次の２つの表現に限っては時の副詞は不要です。いずれも今まさに出発するところだという意味であり、now が常に省

略されていると考えるからです。

He is about to leave.
He is in the point of leaving.

be going toはすでに準備が進んでいる場合に使用される表現であるのに対して、willはその場で判断したことを述べる場合に使用される表現です。例えば、電話がくることが前もってわかっていて、電話が鳴ったら自分が出ようと思っているときに電話が鳴れば、I am going to get the phone.（わたしが出ます）の表現を用います。一方、そういう状況ではなく、突然電話が鳴ったときに、他の人が忙しそうにしているのを見て、「わたしが出ましょう」と言うときには、I will get the phone.の表現を用いることになります。

ことばを楽しむ3 ── 【子どもに対して猫なで声のお母さん】

『チャーリーとチョコレート工場』の第21章で、社長のウォンカさんの言うことを聞かずに未完成のガムを食べたいと言い張る娘のバイオレットに、お母さんが「やめなさい」と諭す時に使われているのがこの表現です。

"Now Violet," said Mrs. Beauregarde, her mother, "don't let's do anything silly, Violet."（さあ、バイオレットちゃん、ばかなことはやめておきましょうね）

「やめなさい」と言いたいのであればDon't do anything silly, Violet. でよいのに、バイオレットのお母さんはなぜDon't let's do anything silly, Violet. という表現を用いているのでしょうか。どちらの表現を使用するかによって、親子関係がずいぶん違った印象を与えることになります。Don't do anything. の文の主語はあくまでもyouですから、言われた本人がバカなことをしなければそれで終わりです。一方、Don't let's do anything. の主語はlet'sに隠されているusになります。usは「包含のwe」（inclusive we）と呼ばれる用法で、聞き手と話し手の両方を含んでいますので「一緒にやめましょうね」「お母さんもやらないからあなたもやらないでね」という意味の言い方です。バイオレットのお母さんは、やさしく猫なで声で「やめておきましょうね、バイオレットちゃん」と言っているのです。

Harry up!（とっとと歩け）、Don't be so slow!（ぐずぐずする

な）ではなく Let's harry up!（急ぎましょうね）と言う方が、Eat everything.（残すな、全部食べろ）ではなく Let's eat everything.（全部残さずに食べちゃおうね）と言う方が、ガミガミ怒る親ではなく、どちらかといえば子どもを甘やかしている感じの親という印象を与えます。この用法は、「包含のwe」の中でも特に「親心のwe」（paternal we）と呼ばれているものです。医者が入院中の患者の病室を朝訪ねたときに How do we feel this morning?（今朝はご気分はいかがですか）と声を掛けるときにも使用される表現ですが、こちらは患者を甘やかせるというのではなく、医者が患者と一心同体となって治療に当たっているという気持ちを、ことばの上からも印象付けようとして使用されています。

　聞き手を含む「包含のwe」（inclusive 'we'）に対して、聞き手を含まない we のことは「除外のwe」（exclusive 'we'）と言います。Let's go.（一緒に行きましょう）の us は包含の we ですが、Let us go.（わたしたちに行かせてください）の us は除外の we となります。

第四の扉

『ピーター・パン』

『ピーター・パン』(*Peter Pan and Wendy*, 1911) には季節感があるように思います。ロンドンではクリスマスの頃になると、必ずどこかの劇場で上演される2つの出し物があります。1つはチャールズ・ディケンズ (Charles Dickens) の『クリスマス・キャロル』(*A Christmas Carol*, 1842)、もう1つがサー・ジェームズ・マシュー・バリー (Sir James Matthew Barrie, 1860-1937) の『ピーター・パン』です。バリーのピーター・パンの話には『ケンジントン公園のピーター・パン』(*Peter Pan in Kensington Gardens*, 1906) という話もありますが、日本で『ピーター・パン』の題名で訳されるなじみが深い話は *Peter Pan and Wendy* (1911) の方です。

もとは芝居の台本だった『ピーター・パン』

『ピーター・パン』がほかの児童文学と大きく違う点は、そもそも小説として書かれたものではなく、舞台の脚本だったということです。舞台公演が好評を博したことがきっかけとなり、その後、小説として出版されることになったのです。

芝居の『ピーター・パン』の大きな楽しみはなんと言っても、ピーター・パンとダーリング家の子どもたちが空を飛ぶシーンでしょう。劇場で、どんな風に飛ぶことになるのかとわくわくします。多くの人がやってみたい空を飛ぶという夢を実現して、目の前で見せてくれるのです。大いに夢見たいという一念でみな客席に座っています。

芝居には、もう1つの楽しみがあります。子どもたちのお父さんのダーリングさんとフック船長を同じ役者が演ずるのです。さらに、ダーリング家のライザというお手伝いさんとネヴァーランドのタイガー・リリーというインディアンの娘も、別の役者が1人2役を演

じます。今まで、何度か『ピーター・パン』の舞台を見たことがありますが、ことごとくこの「手法」は守られています。

この配役を可能にしているのは、物語の筋運びです。お父さんは始めと終わりの現実の場面に出てきますが、物語の中核となるネヴァーランドの場面では出てきません。一方、フック船長はネヴァーランドにしか出てこないのです。始めの場面に出てくるお手伝いさんもネヴァーランドでは出てきません。タイガー・リリーはネヴァーランドにしか出てきません。だから、ふがいない善人のお父さんを演ずる役者が極悪非道な船長の役を務め、目立たないお手伝い役の役者が勇壮なタイガー・リリーの役を務めることができるのです。この2組は手のひらを返したような全く別のキャラクターで、この2役を演ずる幸運は役者冥利に尽きるのではないかと思えるほどです。

さて、ジーキル博士とハイド氏のように、初めから、決して同じ時間の同じ場所に2人が存在しない芝居なので、1人2役の配役構成が可能になっていたのでしょうか。実情はむしろ逆なのではないでしょうか。少ない人数の役者で、多くの人物が登場したと見せるテクニックとして、1人2役を前提に『ピーター・パン』は書き下ろされた芝居なのではないかとわたしは考えています。『ピーター・パン』の初演は1904年、『ピーター・パン』（*Peter Pan and Wendy*）が出版されたのは1911年です。日本の大正元年が1912年ですから、『ピーター・パン』が英国で上演された時代は、日本で言えば明治の終わりの頃になります。

屋根裏の子ども部屋から始まる物語

『ピーター・パン』は屋根裏にある子ども部屋から始まります。英

国では、屋根裏部屋の用途には書斎か子ども部屋との2つの用途があると述べましたが（79頁参照）、ダーリングさんの家の屋根裏は子ども部屋となっています。兄弟姉妹が一緒に寝起きし、乳母が子どもたちの面倒を見ます。

　ダーリング家では、経済的に乳母が雇えないので、乳母の代わりに、妙にとりすましたニューファンドランドという長毛種の大型犬を飼っていてナナと呼ばれています（this nurse was a prim Newfoundland dog, called Nana）。nana が普通名詞であれば「おばあちゃん」「乳母」「子守」の意味となりますので、命名の由来は納得できます。

　『ピーター・パン』のもう1人の主人公ウェンディーは、そろそろ屋根裏の子供部屋を出て、2階に個室を与えられようとしていた矢先という年頃です。ピーター・パンの登場がもう少し遅かったら、ウェンディーは個室をもらい、2人は出会えなかったかもしれません。屋根裏部屋の構造は、普通、天窓が設けられていて、光は教会のように斜め上から差し込んできます。あたかも天から光が降り注いでいるように思わせる場所でした。

　読者は、次の最初の一文で物語の中に引き込まれてしまいます。

すべての子どもはたった1人を除いて大人になるものだ

　All children, except one, grow up.

　この冒頭の文は、すべての子どもは、たった1人を除いて大人になるものだ、と書いてあります。grow up は grow（大きくなる）と異なり、「大人になる」という意味です。grow up と現在形で書かれているのは、一般的な真理であることを表しています。すべて

第四の扉 『ピーター・パン』

の子どもは大人になるものだというのであれば、だれもびっくりしませんが、ここでは例外が1人いる、大人になることのない子どもがたった1人だけいると言っています。除かれることになる子どもとはいったいだれでしょう。読者はこの一文から引きつけられていきます。

　最初の一文がふるっているということで言えば、日本では太宰治が名手です。太宰の作品の第一文は、どれをとってみても、人を引きつける力を秘めています。第一創作集『晩年』に収められている「葉」の冒頭では「私は死のうと思っていた」、『走れメロス』（新潮文庫）という短編集に収められている「ダス・ゲマイネ」では「恋をしたのだ。そんなことは、全くはじめてであった」、「富嶽百景」では「富士の頂角、広重の富士は八十五度、文晁の富士も八十四度くらい、」、「女学生」では「あさ、眼をさますときの気持は、面白い」と太宰は女学生になり、「駆け込み訴え」では「申し上げます。申し上げます。旦那さま。あの人は、酷い。酷い。はい。厭な奴です」と始まります。

　あの「走れメロス」は「メロスは激怒した。必ず、かの邪智暴虐の王を除かなければならぬと決意した。メロスには政治がわからぬ。メロスは、村の牧人である」と三人称小説で始まります。そして、読み進む読者は気がつくとメロスと共に走っている。「それだから、走るのだ。信じられているから走るのだ。間に合う、間に合わぬは問題ではないのだ。人の命も問題ではないのだ」と終わりが近づいてくると、もう活字は泪ですっかりかすみ、なりふり構わずメロスと共に走ることになります。

　『ピーター・パン』も冒頭で読者を引きずり込んでしまう名作の1つです。次のように続きます。

子どもたちはやがて大人になることを知ります

<u>They soon know that they will grow up</u>, and <u>the way Wendy knew was this</u>. One day when she was two years old she was playing in a garden, and she <u>plucked another flower</u> and <u>ran with it to her mother</u>. I suppose she must have looked rather delightful, for Mrs Darling put her hand to her heart and cried, "Oh, why can't you remain like this for ever!"

　They soon know that they will grow up（子どもたちはやがて大人になることを知ります）という文も、冒頭の文と同様、一般的な真理として述べられています。この2つの一般的な真理を述べる文に続いて、この物語の主人公となるウェンディーの場合という、具体的な話へと進みます。the way Wendy knew was this. と過去時制が用いられ、ここで読者は過去の物語の中に入っていくのです。this が文中の何かを指し示しているときには、すでに述べたことを指す場合とこれから述べることを指す場合とがあります。この this はこれから述べることを指しています。これから述べることを表す this には必ず強勢が置かれるので強く発音します。これに対して、that にはすでに述べたことを指す用法しかありません。ことの成り行きはこうです、とその様子が続きます。

　ウェンディーが2歳のとき、庭で遊んでいて花をもう1つ摘んで母親のところにもって行ったときのことです。筆者のわたしには想像できるのですが、きっとお母さんはとてもニコニコして喜んでいたのだと思います。なぜかってダーリング夫人は彼女の手を自分の胸に当てて「ああ、おまえがずっとこのままでいてくれたら」と声

第四の扉 『ピーター・パン』

を上げたからです、と続きます。

plucked another flower と書いてあるので、ウェンディーはそれまでにいくつか花を摘んでいたのでしょう。それまでに摘んだ花の数は、2、3本であったかもしれないし、数えきれない数の花を摘んでいたかもしれません。それまでに花を何本摘んだのかはわからない書き方の英語となっています。ここでは、お母さんにはこれをあげようともう1本新たに摘み取り、お母さんのところにもって行ったのです。

(Wendy) ran with it to her mother. の run は、(Wendy) took/bought it to her mother at a run.（花をお母さんのところに走って持っていった／きた）の take/bring の動詞の中に at a run（駆け足で）の意味が組み込まれて作られた動詞です。この過程で、本来は「走る」の意味しかもっていない run が take や bring の意味を継承して「走ってもっていく／くる」の意味を獲得しているのです。(Wendy) ran with it to her mother. の run with it to her mother は take/bring it to her mother と同様の扱いとなるので、take/bring it to her と同類の構文で用いられます。run with ～は take/bring ～表現のバリエーションとなっています。

(Wendy) ran with it to her mother.
        ↑
(Wendy) took it to her mother <u>at a run</u>.
        ↑_____|

ウェンディーが大人になることを知ってしまったことが続きます。

2歳という年齢

This was all that passed between them <u>on the subject</u>, but henceforth Wendy knew that she must grow up. <u>You always know after you are two</u>. <u>Two is the beginning of the end</u>.

「2人の間で交わされたことばは、これがすべてでした」の on the subject の the subject は具体的には「娘が花を摘んできてもってきてくれたこと」ですから、そのことについてのお母さんのことばは「まあ、ありがとう」という花を摘んできたことに対するお礼でもなければ、「きれいなお花ね」という花に関する感想でもなく、1つ前の引用文の最後にある「ああ、おまえがずっとこのままでいてくれたら」という花とは無関係のことばだけだったということです。そして、上の英文が続きます。

　しかし、それ以降、ウェンディーは知ってしまったのです。自分は大きくならなくてはならないということを、となります。
「あなたも大人になるのよ」と親から言われたわけではないのに、子どもはわかってしまったということです。何気ない大人のことばがときに子どもに大きな影響を与えるという、恐い現実の一場面かもしれません。さらに You always know after you are two. とあります。ここで、文体はまた一般的な真理を表す現在時制に戻ります。この you は読者です。

　人はだれでも2歳を過ぎると普通そういうことを知るようになるのです、と一般論が述べられます。

　物語の最初のパラグラフは、Two is the beginning of the end. と結ばれます。two は「2歳という年齢は」ということです。2歳と

いう年齢は the beginning of the end（終わりの始まり）です、と、これまた一般論で書かれています。the end は grown-up（大人）になることです。grow には終わりはありませんが、grow up は大人になるというゴールが設定されています。そのゴールが最後にある the end です。

　大人というゴールへの旅が始まるのは2歳という年齢が1つの重要な鍵を握っているというのです。逆に2歳までは大人になるなど考えず、ただただ今を心ゆくまで楽しんでいる、人生で最も幸せな時期なのかもしれません。わたしたちは、あまり2歳頃までのことは記憶していません。人ではなく、まだ神である時期なのかもしれません。

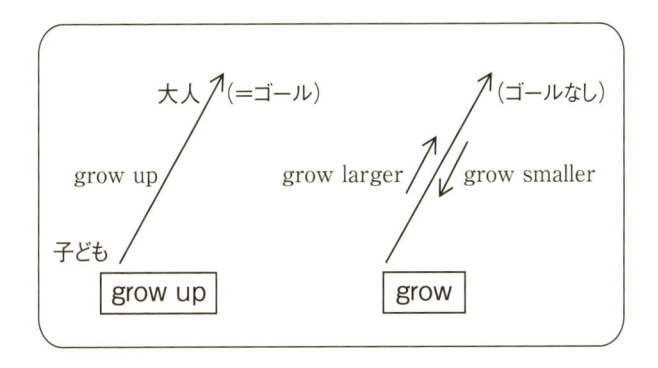

```
       大人↗(=ゴール)              ↗(ゴールなし)
                              ↗↙
      grow up↗          grow larger  grow smaller

  子ども↗
    ┌─────────┐              ┌─────┐
    │ grow up │              │ grow│
    └─────────┘              └─────┘
```

美しいお母さん

<u>Of course</u> they lived at 14, and <u>until Wendy came</u> her mother was the chief one. She was a <u>lovely lady</u>, with a romantic mind and such a sweet <u>mocking</u> mouth.

このパラグラフは、Of course（そうそう、そう言えば）と思い出したように始まり、14番地に住んでいるダーリンさんの家の場所が述べられます。そして、その場所には家族のどんな歴史が刻まれてきたのかと話は展開していきます。

　until Wendy came（ウェンディがくるまで）とありますが、このcomeはどこからかやってくるのではなく、家に子どもが生まれるという意味です。原書では、この少し後に、Wendy came first, then John, then Michael. と子どもたちの構成を述べる箇所がありますが、このcomeと同じです。「最初に生まれたのがウェンディー、次に生まれたのがジョン、そして、最後がマイケルでした」となります。

　ウェンディーが生まれる前は、お母さんが家の中心でした。彼女はa lovely ladyであった、とあります。lovelyはbeautiful（美しい）の意味です。愛らしいという意味はありません。愛らしいと言うときには、lovableという語を用います。夢見るような思いを抱き、魅力的な口元をしていたと描かれます。mockingは「人をからかうような、抗しがたい、愛嬌のある」という意味でしょう。

心の奥の箱とキス

> Her romantic mind was like the tiny boxes, one within the other, that come from the puzzling East, however many you discover there is always one more; and her sweet mocking mouth had one kiss on it that Wendy could never get, though there it was, perfectly conspicuous in the right-hand corner.

　お母さんの空想にふける心は、いくつもの箱が入れ子になってい

第四の扉 『ピーター・パン』

るようなものです。それは、不思議な東洋に由来するものです、とあります。なぜ唐突に東洋からやってきたと書いてあるのでしょう。

the tiny boxes について、その後に、箱を開けるたびにその中にまた小さな箱が入っていると簡単に説明されています。箱が入れ子式になっているということです。ロシアの人形マトリョーシカ（matryoshka）のように入れ子式になっている箱のことを英語では Chinese boxes（中国の箱）と言います。このことが背景にあるので東洋に由来すると書いてあるのです。

お母さんの愛嬌のある魅力的な口元にはキスがあります。ウェンディーは決して手に入れることはできないのですが、それでもそれは確かにあります。それも右の口元に、と続きます。

この後、原書ではお父さんがお母さんの心を射止めた経緯が描かれます。心を射止めたお父さんでも手に入れられなくてあきらめてしまったものがありました。それは、心の中の最も奥にある箱と「キス」（the innermost box and the kiss）です、と紹介されます。ここでいう the kiss はキスしたくなるような魅力的なものという意味ではないかと思います。「心の中の最も奥にある箱」、すなわち心の秘密の扉はだれにも開けられないとさらりと原書には書かれています。

ファンタジーの魅力の1つは、なんの前置きもなしに「ことの真理」がなに食わぬ顔をして突然登場することです。こういう箇所を読み飛ばしてしまったら、ルーヴル美術館に入ったのはよいがモナリザの絵に気がつかずに出てきてしまった、あるいは、大英博物館にせっかく行ったのにロゼッタ・ストーンを見ずに出てきてしまったというのと同じです。

だれも手に入れることができなかった「お母さんの愛嬌のある魅力的な口元のキス」について、ウェンディーは考えました。

ナポレオンだったらキスを手に入れられるのでは

Wendy thought Napoleon could have got it, but I can picture him trying, and then going off in a passion, slamming the door.

　ウェンディーはナポレオンだったらその「キス」を手に入れられたのではないかと考えます。なぜ突然ナポレオンが登場するのでしょうか。ナポレオン・ボナパルト（Napoléon Bonaparte, 1769-1821）は、英雄でフランス第一帝政の皇帝（1804-15）です。

　ナポレオンは「余の辞書に『不可能』ということばはない」と言ったとされていますが、不可能なことなどないナポレオンであれば、お母さんのキスを手に入れるというお父さんでも断念せざるをえなかった難事業を、いとも簡単にやってのけるかもしれないと考えたのです。

　but I can picture him trying, and then going off in a passion, slamming the door. の I は『ピーター・パン』の著者のバリー自身です。ウェンディーの考えに水を差します。

　目に浮かぶようだという構文は picture him doing の構造です。picture a person doing（人が〜している姿をありありと思い浮かべる）は imagine a per-

I pictured myself winning the race.

son doing(人が〜しているのを想像する)と同類の意味になります。なぜかというと、picture a person doing は、もともとは「人が〜しているところを写真に撮る」という意味なので、そこから「写真で撮るように思い浮かぶ」という意味になるのです。ここでは picture him doing の doing のところに trying(手に入れようと試みる)、going off in a passion(かんかんに怒って出ていく)、slamming the door([出ていくときに]扉をバタンと乱暴に閉める)と3つの光景が続いています。

この trying は trying to get it の省略形で、手に入れようと努力したが結局手に入れることができなかったことを表しています。going off の off は「離れている」が基本の意味です。その場から離れるという意味で用いられています。社会人にとって on duty が「勤務中」を、off duty が「非番」を意味するときの on と off と同じ用法です。また、I am afraid I am off now.(もうおいとましなくてはなりません)は招かれて長居をしたり夜も更けてきたようなときに「ぼつぼつ……」と切り出すときに用いる表現です。

さて、ナポレオンは1814年エルバ島に追放されてしまいますが、英語では「ナポレオン」と「不可能」のエピソードにかけて、Able was I ere I saw Elba.(余がエルバ島を見るまで余の辞書に不可能ということばはなかった)(ere = before)という有名な回文(palindrome)まであります。

回文は頭から読んでも後ろから読んでも同じになるものです。日本語では、「新聞紙」「竹藪焼けた」などが知られていますが、『軽い機敏な仔猫何匹いるか―土屋耕一回文集』(誠文堂新光社、1980)には、「求む友」「反戦派」「キスが好き」「怒る会」「ポルノのルポ」「間一髪引火」「ダンディは遺伝だ」「名のみ聞く君の名」「私がけで怪我したわ」「カシャッ!あっ!ヤシカ」「参観日　早起

き親は敏感さ」「川に消ゆ　しきりふりきし雪にわか」「佐藤　池田総理　嘘だけ言うとさ」「慕わしい師と恋い、今年意志渡し」「慕わるや、弟子など無しでやる私」などの舌を巻く回文があふれています。書名の『軽い機敏な仔猫何匹いるか』も回文となっています。

最近では、「まさに何様」と「闇から神谷」という回文になっている筆名（pseudonym）をもつ2人の著者による『さかさ言葉「回文」のすべて』（カットシステム、1998年）などの本も出ています。この書物の帯には「脳がちが㐂」（「脳」の漢字が上下逆さまに印刷されており「うの」とルビが振ってあります）と回文が踊っています。このように英語にも日本語にも回文ということば遊びがあります。並べ替えるのは、どの言語も文字が単位で、英語ではABC……、日本語ではあいうえお……の1文字ごととなります。

さて『ピーター・パン』に戻りましょう。第1章にはすてきな描写があります。子どもたちが寝た後にお母さんが子どもたちの心の整理をするのです。そのとき、お母さんはピーター・パンという名前を初めて聞きます。

毎晩、子どもの心を整理するお母さん

Mrs Darling first heard of Peter when she was tidying up her children's minds. It is the nightly custom of every good mother after her children are asleep to rummage in their minds and put things straight for next morning, repacking into their proper places the many articles that have wandered during the day.

お母さんがピーターの名前を聞いたのは子どもたちの心の整理を

第四の扉　『ピーター・パン』

しているときでした、と始まります。

Itは子どもの心の整理をすることを受け、それは「良いお母さんならだれでも子どもたちが寝静まったあと、毎晩（nightly）きまってすること」と説明されます。

お母さんが毎晩決まってすることの中身は to rummage in their minds and put things straight for next morning と具体的に説明されます。子どもたちの心の中をくまなく探し、次の日の朝のためにきちんと片付けをすることです。そして、昼間にどこかに行ってしまったようなものをきちんともとの場所にしまい直すのです。

repacking は、rummage, ...and put, ... の作業を repacking しながら行うというようにつながります（付帯状況を表す分詞構文）。日本語で読むよりも英語の原文の方が、愛情あふれる温かな印象でずっとみずみずしいことに気がつくと思います。ぜひ英語を直に楽しんでください。きらきらした英文はさらに続きます。

If you could keep awake（but of course you can't）you would see your own mother doing this, and you would find it very interesting to watch her. It is quite like tidying up drawers.

作者のバリーが、物語のエピソードについて、バリー自身の感想を読者の子どもたちに向けて語りかけている部分です。小説の筋立てにそった文とは別に、作者が読者に直接問いかけるこのようなスタイルは、紫式部の『源氏物語』（1008年）において表現を多元的に拡大するための文体として使用されており、源氏物語の研究でも対象となっている「草子地」と呼ばれるものにあたります。

この文体は、物語の世界から現実の世界にふっとつながりを生み出すもので、作者が突然隣に座っている親近感を呼び覚まします。

もしきみが眠らずに夜中まで起きていることができるなら（もちろんそんなことはできっこないだろうけど）、でも仮にだけど、もしできたとしたら、きみのお母さんがどんなふうにそれをやっているか見ることができるのだがなあ。きみはきっと興味津々でお母さんの手元をじっと見つめているに違いない。心の整理はね、引き出しを整理するようなもの、とバリーは子どもの興味をそそるように語りかけます。

<u>You would see her</u> on her knees, I expect, <u>lingering</u> humorously over some of your contents, <u>wondering</u> where on earth you had picked this thing up, <u>making</u> discoveries sweet and not so sweet, <u>pressing</u> this to her cheek as if it were as nice as a kitten, <u>and</u> hurriedly <u>stowing</u> that out of sight.

　You would see her の would は、If you could keep awake（もし仮に寝ないで起きていることができたとしたら）という、仮定の節が隠れていることを意味しています。lingering は would see her lingering と続く知覚構文で（お母さんの膝の上にだっこされながら、お母さんが〜している様子を目にする）という意味です。
　lingering を含め lingering...、wondering...、making...、pressing...、and... stowing と5つの動詞が並列しています。
　きみはきっとお母さんのお膝にだっこしてもらっていると思うな。きみが見ていると、お母さんはきみの心の中から探してきたものをほほ笑ましくいつまでも眺めているかと思えば、いったいこんなものどこで見つけてきたのかしらと不思議に思ったり、発見したものをまあかわいらしいと思ったり、なんでこんなものをと思ったり、かと思うとまるで子猫にするようにほっぺたに押しつけてかわいが

第四の扉　『ピーター・パン』

ってみたり、そして、目につかないところに急いでしまい込んだりするでしょう。

　バリーが描いている光景は、親ならだれもが経験することです。子どもの寝顔を見ながらいろいろな思いにふけるひととき、この子の寝顔があるから明日からの仕事もまたがんばれる、寝顔を見ると子育ての苦労など一瞬で吹き飛んでしまう。そういう瞬間を描いているのでしょう。

> When you wake in the morning, the naughtiness and evil passions with which you went to bed have been folded up small and placed at the bottom of your mind; and <u>on the top</u>, beautifully aired,<u> are spread out your prettier thoughts</u>, ready for you to put on.

　さて、朝起きると、寝るときには子どもの心の中で渦巻いていた、お母さんの言うことなんかもう聞くもんかという性悪な気持ちや意地悪な感情は小さくたたまれて心の一番奥にしまわれ、一番上には、寝る前よりもずっと晴れ晴れした考えがすぐに着られるようにふんわりと広げられて置いてあります。

　prettier という比較級は、寝る前と比べて起きたときの方がずっと晴れ晴れとしているという意味です。最後の on the top are spread out your prettier thoughts という倒置文は前にも出てきたように、文の内容全体を新しい情報として提示するときの表現です（60頁参照）。カメラの視点が動いていってだんだん全体が見えてくる情景を思い浮かべるとよいでしょう。

ウェンディーとピーターの出会い

『ピーター・パン』の第3章の一部にある、物語の中で最も有名な箇所をもう少し読み進むことにしましょう。第3章はウェンディーとピーターが出会って話をする場面です。2人が名前を名乗り合う場面は、次のようになっています。

"What's your name?" he asked.
"Wendy Moira Angela Darling," she replied with some satisfaction. "What is your name?"
"Peter Pan."
She was already sure that he must be Peter, but it did seem a comparatively short name.
"Is that all?"
"Yes," he said rather sharply. He felt for the first time that it was a shortish name.
"I'm so sorry," said Wendy Moira Angela.
"It doesn't matter," Peter gulped.

「きみの名前は」と問われたウェンディーは「Wendy Moira Angela Darling」と満足げに答えると、「であなたは」と聞きます。ピーターの言う What is your name? は、初めて聞くので name を強く言いますが、ウェンディーの「であなたは」では What is **your** name? と your を強く言います。

「ピーター・パン」という名前は、普通の人のものと比べると極めて短い名前のような気がしたウェンディーは、思わず「それで全部

第四の扉 『ピーター・パン』

なの」と失礼も顧みず聞いてしまいます。自分の名前が短いなんて思ってもみなかったピーターは、機嫌がよくありません。ウェンディーは謝ります。"I'm so sorry," said Wendy Moira Angela. と書いてあります。ほかでは said Wendy という書き方なのに、ここでは名字を除いたすべてを書き出しています。自分は長い名前を持っているという自負が、ウェンディーの心にあるかのような筆運びです。ピーターは「いいよ」と言います。「言う」という意味で gulp という語が使われています。gulp の元々は擬声語で「ごくごく飲む」という意味の動詞です。「(ごくごく) 一気に飲む」から「一気に言う」という意味に拡張してゆき、さらにここでは「少しぶっきらぼうに言う」という意味になっています。

　ウェンディーから「どこに住んでいるの」と聞かれたピーター・パンは、次のように答えます。ここは『ピーター・パン』を読んだ人ならだれでも知っている有名な箇所です。

"Second to the right," said Peter, "and then straight on till morning."

　2番目の角を右に、そして朝までまっすぐ行ったところ、という答えの2番目の角のことを、「2番目の星」と理解している人もいますがここからだけでは何だかわかりません。しかし、このお話の第4章では windy corners (風の交差点、風が交わるところ) という説明が出てくるので、2番目の風の交差点の角の意味なのでしょう。この道案内通りに、子どもたちがピーター・パンと共にネヴァーランドに旅立つのは、少し先の第4章で描かれることになります。

キスをあげましょうか

　さて、ピーター・パンと話すうちに、ウェンディーはピーター・パンがいい人に思えてきます。「いやじゃなかったらキスをあげましょうか」(She also said she would give him a kiss if he liked) とウェンディーが言います。

　直接話法に直すと I will give you a kiss if you like となります。キスをあげる (give you a kiss) は、give you a ring (指輪をあげる) と物をあげるときに使われる give 構文と同じものが使用されているところがみそです。この構文の使用が、ピーター・パンが「じゃあ、キスをちょうだいと」言って手を出す場面を支えています。もし、I will kiss you if you like という英文であったら、この場面は書けないことになってしまいます。何も知らないピーターに、ウェンディーはびっくりしてしまいます。

"Surely you know what a kiss is?" she asked, <u>aghast</u>.
"I shall know when you give it to me," he replied stiffly, and not to hurt his feeling she gave him a thimble.

　えっ、キスがなんだか知らないの、とウェンディーは唖然として思わず尋ねます。aghast は「肝をつぶして」の意味で、接頭辞の a- は強意を表しています。ピーター・パンは「きみがくれたらキスがなんだかわかるさ」とこわばった口調で答えます。ウェンディーはピーターを傷つけたらいけないと思い、キスと言って指ぬきをあげます。

第四の扉 『ピーター・パン』

"Now," said he, "shall I give you a kiss?" and she replied with a slight primness, "If you please." She made herself rather cheap by inclining her face towards him, but he merely dropped an acorn button into her hand; so she slowly returned her face to where it had been before,

ピーターが、じゃあ今度はぼくがきみにキスをあげるよと言うので、ウェンディーは少しとりすまして（with a slight primness）「もしよかったら」といいます。そう言うと自分の顔をピーターの方に傾けながら、ウェンディーは物欲しそうに見えるのではないかと心配になります。そこを She made herself rather cheap と書いています。キスをしてくれるのかと思ったら、ピーターはドングリをウェンディーの手に落としただけでした。「キスしてもらえる」という気持ちが空振りになってしまったウェンディーは、相手に悟られまいとして、少し傾けていた顔を元の位置にゆっくりと戻したのでした、と書かれています。

元の位置を where it had been before と表現していますが、このような英語の構文は、to find what it was（それが何であるかがわかる）、I am not so young as I used to be（昔ほど若くはない）などにみるように、英語ではよく使われます。

ウェンディーはピーターにもらったドングリをネックレスにして首からかけておくのですが、後に思いがけないところで、このドングリがウェンディーの命を守ることになるのです。

ここで、2つのことを考えてみることにしましょう。

1つは、ピーター・パンは、なぜ「a kiss をちょうだい」と手を出したのかです。ウェンディーの I will give you a kiss. で使われている give という動詞は、give ＋人＋物の構文で用いると、文字通

り「人に物をあげる」という意味を表します。ここでは、ピーターはこの意味だと理解して、ウェンディーがa kissをくれるものと理解して「a kissをちょうだい」と手を出したのです。物をあげるときには、I'll give you a book.のように物は不定冠詞と共に表されることが多いので、不定冠詞が付いているa kissが、kissの意味を知らないピーターにとっては、手に持てるような具体的な物として伝わっても不思議はありません。ただ、理由はこれだけではありません。ピーター・パンが永遠の子どもであることを思い出してください。どんな子どもでも、giveを文字通りに「人に物をあげる」意味に理解することはできます。しかし、giveがもつ「人に動作などをする」という比喩的意味で使える子どもは少ないはずです。そういう理解の深度という事情もここでは関わっていると思います。

あげるものがa kissではなく、a bookのような具体的な物の場合には、I will give you a book.（きみに本をあげるよ）と言うこともI will give the book to you.と言うこともできます。しかし、あげるものがa kissという動作である場合には、I will give you a kiss.と言うことはできても、˟I will give a kiss to you.と言うことはできません。物理的な物の所有権が移転するという文字通りの意味でgiveを使用するときには、いずれの構文も用いることはできますが、比喩的な意味でのgiveを使用するときにはgive you a kissの構文でしか使用することができないのです。I gave you a kick/a smile.（きみを蹴飛ばした／きみにほほ笑みかけた）とは言えるのですが、˟I gave a kick/a smile to you.と言うことはできないのです。

もう1つ、ここで考えることは、なぜピーターはドングリをa kissと考えたのかです。ウェンディーが指ぬきをくれたとき、ピーターはkissとは「大切な宝物」と理解したのだと思います。すな

わち、指ぬきという具体的な物を見て、それを「大切な宝物」というもう1つ上のより大きな概念で理解したのです。つまりピーターはシネクドキで理解したので、今度は自分の大切な宝物であるドングリをウェンディーにあげることにした。そう考えるのが自然だと思います。

それにしても、ウェンディーはどうして指ぬきを持っていたのでしょうか。『不思議の国のアリス』の中でも主人公のアリスがポケットを探ると指ぬきを探し当てるという場面があります。きっと当時の女の子にとって女の子たる所以(ゆえん)は針仕事で、その道具となる指ぬきをいつもポケットに入れていたのではないかと想像します。

2人はしばらく話しますが、ウェンディーは「ここにいる間は、乱暴をしないで優しい気持ちでいてくれるのだったら、わたしにキスしてもいいわ（so you may give me a kiss）」とピーターの気持ちを和らげようと思って言います。ピーターはa kissは大切な宝物の意味だとばかり思っているのですから、話はややこしくなってきます。

ウェンディーはピーターがキスのことについて何も知らないことをすっかり忘れてしまっています。ピーターは憮然として、さっきの指ぬきを返してくれって言うの、と指ぬきを差し出します。ウェンディーはそうじゃないと取りなします。

指ぬきかキスか

"I don't mean a kiss, I mean a thimble."
"What's that?"
"It's like this." She kissed him.
"Funny!" said Peter gravely. "Now shall I give you a thim-

ble?"

"If you wish to," said Wendy, keeping her head erect this time.

<u>Peter thimbled her</u>, and almost immediately she screeched. "What is it, Wendy?"

ウェンディーは「キスじゃないわ、指ぬきのつもりだったの」と言うとピーターは「何それ？」と答えます。「指ぬきはこういうこと」と言うとウェンディーはピーターにキスをします。「これはまた妙なものだ」とピーターは厳かに（gravely）言います。

どぎまぎするのではなく、gravely という副詞がこの場のすべてを語っているようです。どぎまぎを隠しているのか、好きの意思表示としてのキスの意味が抜けてしまっているかはわかりませんが、「じゃ今度はぼくがきみに指ぬきをあげようか」とピーターが言います。ウェンディーは「もしよかったら」というと今回は顔を少し上に向けます。ピーターはウェンディーに指ぬきしました。それとほとんど同時にウェンディーは金切り声を上げます。びっくりしたピーターはどうしたのと聞きます。この後、その理由は、ピーター・パンが連れてきたティンカー・ベルという妖精が焼きもちを焼いてウェンディーの髪の毛を思いっきりひっぱったからだと説明されます。

実際にはピーターがウェンディーにキスをしたことを、Peter thimbled her と thimble（指ぬきする）を動詞として「指ぬきをする」の意味で用いています。しかし、辞書を引いてもそんな使い方は出てきません。ここでは、thimble は臨時に動詞として使用されているのです。この thimble（＝キスをする）の意味はどのような仕組みで可能となっているのでしょうか。

つくられる動詞の仕組み

　英語の動詞が造語される仕組みの秘密を解き明かしてみることにしましょう。「キスする」を give を用いて表現すると

Wendy gave Peter a kiss.

となります。kiss を動詞にすると Wendy kissed Peter. となりますが、この変化の仕組みは、すでに見た ran が作られる方法と同じです。繰り返しになりますが、ran の場合は以下のように説明しました。

（Wendy） ran with it to her mother.
　　　　　↑
（Wendy） took it to her mother at a run.

　同じように give a person a kiss が kiss a person となる仕組みは、次のようになります。

Wendy kissed Peter.
　　　↑
Wendy gave Peter a kiss.

　これと同じ仕組みを用いることによって、give a person a thimble（= a kiss）から動詞 to thimble（= to kiss）という動詞が作られているのです。

Wendy thimbled Peter.
　↑
Wendy gave Peter a thimble.

『チャーリーとチョコレート工場』で金の招待状を引き当てたチャーリーが家に急いで帰るところの描写に I rushed it home.（それを持って急いで家に飛んで帰る）という表現が出てきますが、これも同じようにして作られている表現です。

I rushed it home.
↑
I brought it home in a rush.

このようにして作り出されている動詞は英語には意外なほど多く見られます。「チャーリーは（やっと手に入れた）チョコレート（the candy）をむさぼるように食べ続けました」（Charlie went on wolfing the candy.）というときには名詞の a wolf（オオカミ）が「オオカミのようにむさぼり食べる」(wolf = eat the candy as if wolves eat)という動詞で用いられています。原書には、ほかに balancing bowls of soup on their laps（スープの入ったボールを膝の上で落ちないようにうまくバランスを取りながら）（第12章）の表現も使われています。動詞 to balance（つり合いをとる）は、to hold bowls

第四の扉 『ピーター・パン』

in　balanceという表現が基にあり、名詞balance（つり合い）が動詞としての使い方ができるようになったものです。このように「動詞＋副詞」の動詞の部分の意味を前提とし、副詞に含まれる名詞を動詞として変容させて用いることによって、名詞の本来の意味に加え、動詞やそれを修飾する副詞まで含めた全体の意味が伝わり理解されるように仕組まれています。

　加えて、動詞と副詞という隣接している概念において、動詞の意味は前提となっていて、修飾する副詞のみで、動詞と副詞を一緒にした全体の意味を伝えているのです。この手法は、「たこ焼き」と言って「たことうどん粉の焼き物」全体を表すのと同じ手法で、第一の扉で説明したメトニミーと呼ばれるものです。英語において意味の拡張によって新たな動詞を生みだすエネルギーを与えているのが、メトニミーという人間がもつレトリックの能力なのです。

副詞に焦点
＝副詞の意味にのみ言及し、

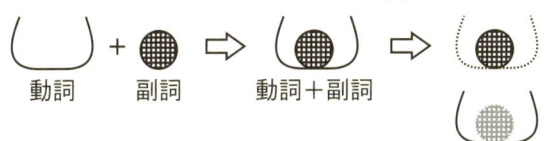

動詞　＋　副詞　⇒　動詞＋副詞　⇒

「動詞＋副詞」の意味を表す。

ことばを楽しむ 4 ——【英語にひそむアングロ文化 (1) すべてを尋ねる「もてなし」の心】

　英語を母語とする人々のアングロ文化は「他人との距離を置く文化」で、驚くほど多くの疑問文が多用されるのが特徴の一つです。これは自分で決めてそれを相手に押し付けるのではなく、自分は選択肢を用意するだけでその選択は相手にまかせる、すなわち「相手に下駄を預ける」文化の裏付けとなっています。例えば、客を招いたときには Would you like tea or coffee?（紅茶がよろしいでしょうか、それともコーヒーにしましょうか）と常套文句で尋ねますし、紅茶を入れれば入れたで「薄くないですか」「ミルクと砂糖は入れますか」「砂糖は何杯」とたたみかけて尋ねます。ホテルの朝食で卵を注文すれば、How do you like your eggs?（どのように調理しますか）と聞かれます。もてなす方は自分からは何も決めず、もてなされる本人に決めさせて、もてなす細部の決定責任を回避しているのです。

　レストランでのメニューを見ながらの注文でも、客はこれでもかと自分の料理を細かく指定しなくてはなりません。一言「ステーキ」という注文では終わらないのです。これだと肉しか出てきません。焼き方や付け合せを決める必要があります。付け合わせにジャガイモとニンジンと頼むと、ジャガイモの調理方法を尋ねられます。もういい加減にしてくれ「生でなければ何でもいい」と言いたくなるのをぐっとこらえて grilled potatoes（焼いたジャガイモ）、boiled potatoes（ゆでたジャガイモ）、mashed potatoes（マッシュポテト）などと涼しい顔で注文を続けなくてはなりません。外国に行くと、日本のような「ニコニコ定食」と言うだけですべてが整え

られる食文化が懐かしくなります。レストランのメニューに a roast pork tenderloin with apple sauce and mashed potatoes（豚肉のソテーリンゴソース仕立て、マッシュポテト添え）のように食材とその調理法がずらずらと並ぶアングロ文化では、「定食」や「おまかせ」という感覚がそもそも存在しないのです。日本びいきの英国人の中には、料理の名前だけからは何が出てくるかわからない、そのスリルがたまらないと言う人もいるくらいです。

　日本の茶の湯では、客の好みや季節の感覚を総動員して茶室を整えます。茶器、茶花、床の間の掛け軸、そして茶菓子にいたるまで、もてなす側がすべてを整えて客を迎えます。日本のもてなしは「人に聞かずに、聞いたときに返ってくる答え以上を整える」心にあります。一方、アングロ文化では「聞いて返ってくる答え通りにして、それ以上は踏み込まない」のです。もてなしの心遣いの基本が正反対になっています。

　アングロ文化では、ポライトネス（politeness・丁寧さ）は、yes/no 疑問文の使用頻度の高さに反映されているのです。さらに言うと、yes/no 疑問文の使用によって発話者の「依頼」や「御願い」などの意図を表すことができるか否かは、言語によってまったく異なっています。

　英語のポライトネスに関する考え方や表出の方法は、ポーランド語・ロシア語・ドイツ語などのヨーロッパ圏の言語とは大きく異なっています。いわば、特殊な言語なのです。言語学者ヴィエルジュビツカ（Anna Wierzbicka, 2002）は、英語のポライトネスに対する考え方は、ポーランド語のそれとは正反対だと言います。他人と距離を置くアングロ文化を背後に疑問文を多用し相手に下駄を預ける英語のポライトネスに対して、ポーランド語では相手との距離

を縮めて単刀直入に依頼することこそがポライトであると考えられており、相手との距離を取ると水くさい人だと敬遠されるというのです。ポーランド語ほどではありませんが、ドイツ語やロシア語も英語とは一線を画しており、英語よりもずっと単刀直入な表現をポライトと感じていると指摘されています。他人との関わり方で言えば、日本語は、英語とポーランド語のちょうど中間に位置する言語であると言ってよいでしょう。

ヴィエルジュビツカ（Wierzbicka, 2003.204）は、このことを論ずる論文の中で、コムリー（Comrie, 1984.282）の指摘に言及します。「英語においてはだれかに何かをしてもらうときにポライトな頼み方の1つとしてwillやcanの変化形（= would, could）を用いたyes/no疑問文を用います。しかし、ほかの言語では、この手法は依頼の常套手段として認知されていないのです。例えば、人に何かをしてもらいたいときにロシア語で同じようにyes/no疑問文を用いたとしましょう。相手の反応は『いったいこの人はどういうつもりなのだろう』というものになってしまいます」(... in English one polite way of getting someone to do something is by asking a yes/no question using either some form of 'will' or some form of 'can'. In other languages, that's not conventionalised. If you tried it in Russian, the reaction would be 'What's this guy trying to do?') (Comrie, 1984) とコムリーは論じています。

英語では、人にものを頼むときには親子の間柄であってもCan/Could you take out the garbage?（ゴミを出しておいてくれませんか）のように、日本人からみると妙に丁寧な表現となるyes/no疑問文を用います。英語では、Can/Could you take out the garbage?やCould you close the door?（扉を閉めて下さい）などに代

表されるように、相手に押し付けにならないように疑問文を用いて依頼を表します。コムリーが述べているように、ロシア語やポーランド語などで疑問文を用いれば、何かを尋ねられていると理解されるのが落ちで、依頼の意図がそこに潜んでいるとは夢にも思ってもらえないのです。

ヴィエルジュビツカはアングロ文化の眼目の1つ（a major Anglo cultural theme）は「他人に何かをするのを控えよ」（refraining from doing something to other people）ということだと論じています。これが、何かをしてもらいたいときに使うlet構文の表現に豊富なバリエーションを生み出されることになる誘因となっているのです（「ことばを楽しむ6」224頁参照）。

ヨーロッパの言語の中で英語が見せる特異性のように「文化的な差異が文法の世界に大きな影響を及ぼしていることは、他の事象に比べると見えにくいのですが、それだけに見えている事象よりずっと重要なのです」というヴィエルジュビツカの指摘（Wierzbicka, 2002. 180-200）は、英語を生きたことばとしてながめるときには非常に大切な視点になります。

第五の扉
『不思議の国のアリス』

『不思議の国のアリス』（*Alice's Adventures in Wonderland*, 1865）は、英国のオックスフォード大学クライスト・チャーチ学寮の数学者ルイス・キャロル（Lewis Carroll, 1832-1898）によって書かれた物語です。『不思議の国のアリス』は、子ども向けの文学は何らかの教訓を含んでいるべきであるとされていた当時の児童文学の中で、子どもへの教訓とは無縁の、不思議な楽しさだけが詰まった初めての本でした。

作者の名は「ドッドソン」

ルイス・キャロルは筆名で、本名をチャールズ・ラトウィジ・ドッドソン（Charles Lutwidge Dodgson）と言います。Dodgsonという名字のgは読まない（黙字）ので、ドジソンではなくドッドソンとなります。

こう考える理由はゲイナー・シンプソン（Gaynor Simpson）という少女からの手紙へのドッドソンの返事（1873年12月27日付け）の解釈に由来します。手紙にはこうあります。（Cohen ed. *The Letters of Lewis Carroll* Part I, 1979. 203）

December 27, 1873.
My Dear Gaynor,
My name is spelt with a "G," that is to say "*Dodgson*." Any one who spells it the same as that wretch （I mean of course the Chairman of Committees in the House of Commons） offends me *deeply*, and *for ever*! It is a thing I *can* forget, but *never can forgive*! If you do it again, I shall call you "'aynor." Could you live happy with such a name?

第五の扉　『不思議の国のアリス』

　いとしいゲイナー
　わたしの名前のつづり字にはGが入るのです。(Dodsonではなく) Dodsonとつづります。Dodsonとg抜きにつづる人は誰でもあのお粗末な恥知らずと変わりません（わたしが言っているのはもちろんあの下院の議長 [John George Dodson, 1825—97]) のことです)。そういう連中はわたしの気持ちを深く傷つけ、その傷は永遠に癒えることはないのです。忘れることはできるかもしれないけれど、決して許すことはできないのです。君が今度そんな間違えをしたら、わたしは君のGaynor（ゲイナー）をg抜きで 'aynor（エイナー）と呼ぶことにしようかな。うれしくないでしょう、君だってそんな呼ばれ方をされたのでは。

　ゲイナーという少女はなぜDodsonの名前をDodsonとg抜きでつづったのでしょう。Dodsonの名前がDodsonと発音されていたからにほかなりません。Dodsonの発音にgが含まれて発音されていたとすれば、g抜きで名前をつづることは考えにくいからです。ゲイナーが間違ったつづり字を書き、それをキャロルが正したこの手紙がなかったなら、Dodsonの名前の発音がgを読まない発音であることはわからなかったかもしれません。
　J. C. Wellsというロンドン大学（University College London）の音声学者が『ロングマン発音辞典』（*Longman Pronunciation Dictionary* 第2版、2000年）を編集しています。この辞書を引いてみると、Dodsonという名字には、gを読む発音 [dɒdʒsᵊn] とgを読まない発音 [dɒdsᵊn] との2通りの発音が存在すると載っています。さらに、第2版には初版（1990年）にはなかった「Lewis Carrollの本名（Charles Dodgson）ではgを読まない [dɒdsᵊn] と

されていた」という説明があります。このことからも Dodgson は「ドッドソン」と読むのが正しい読み方であるするのがよいと思っています。さらに、ルイス・キャロル生誕100年を記念して、1932年にコロンビア大学が実在のアリス・リデル（1852～1934）に名誉博士号を授与したとき、アリスはアメリカにいきインタビューを受けました。そのときに録音された音声を聴かせてもらったことがあるのですが、わたしの耳には [dɒdʒsᵊn] ではなく [dɒdsᵊn] としか聞こえませんでした。

　Lewis Carroll（ルイス・キャロル）という筆名は、本名の Charles Lutwidge Dodgson の Charles Lutwidge の順を入れ替え Lutwidge Charles とし、これをいったんラテン語に直し、さらに英語に直して作られたと言われています。ことば遊び好きのルイス・キャロルらしい筆名の作り方です。この筆名を初めて使用したのは、1856年「孤独」（Solitude）と題する詩の作品においてでした（Morton N. *Cohen Lewis Carroll: A Biography*, 1995. 72）。

> **Dodgson** *(i)* ˈdɒdʒ sᵊn ‖ ˈdɑːdʒ-, *(ii)* ˈdɒd sᵊn ‖ ˈdɑːd- —*Lewis Carroll (Charles D~) reportedly was (ii)*

『ロングマン発音辞典』（第2版、2000年）の Dodgson の発音記号

ゆるやかに流れる川

　1862年7月4日金曜日の週末、ルイス・キャロルはクライスト・チャーチ学寮の学寮長リデル教授の娘の三姉妹と友人のダックワース（Duckworth）の計5人でボートでの遠出に出かけます。キャロ

第五の扉　『不思議の国のアリス』

ルが30歳の夏です。

　クライスト・チャーチに隣接するフォリー橋（Folly Bridge）から上流のゴッドストウ（Godstow）まで、テムズ川（オックスフォード周辺ではアイシス川［the River Isis］とも呼ばれる）をボートで漕ぎ上る片道約5キロの遠出です。日本ではスリルを楽しむ急流の川下りはあっても、川を手漕ぎのボートで上ることはありません。しかし、英国のイングランドは平原ですので、川は高低差のあまりないところを静かに流れています。水音さえ聞こえないほどきわめて緩やかな静かな川を漕ぎ上ることは決して特別のことではありません。

　わたしもバース（Bath）の街でボートを借りて上ったことがありますが、漕ぎながら、力の入り方からどちらが上流か意識する必要はありませんでした。英国の川には川辺はあっても、高さがあるような土手はありません。そういう川の存在をにわかには信じがたいかもしれませんが、もし英国のイングランドの真っ平らな地平を水音立てずに流れる川を見る機会があれば、こういうことだったのかと納得していただけることと思います。

　川の流れがゆったりとしているもう1つの理由は、川の至る所にlockと呼ばれる閘門（水位を昇降させて舟を通すための装置）が設けられており、川の水面をちょうど階段を昇り降りするように移動する方式が採用されているからです。これも忘れてはなりません。閘門は東京にもあり、隅田川と小名木川が合流するあたりに扇橋閘門があります。

　キャロルたちが行ったのはなぜゴッドストウまでだったのでしょうか。ゴットストウには1790年にGodstow lock（ゴッドストウ閘門）が作られていました。当時すでに存在していたこの閘門によって、そこが川の流れの中で1つの区切りになっていたからではない

かと想像しています。

アリスの物語が始まったのは1862年7月4日（金）

　ボートで遠出に出かけたリデル家の三姉妹を紹介しましょう。ロリーナ・シャーロッテ・リデル（Lorina Charlotte Liddell）（当時13歳）、アリス・プレザンス・リデル（Alice Pleasance Liddell）（当時10歳）、エディス・メアリー・リデル（Edith Mary Liddell）（当時8歳）の三人です。リデル学寮長（Henry George Liddell）は言語学者で、今日でも最も信頼できるとされている『ギリシャ語－英語辞書』（*A Greek-English Lexicon*, Robert Scottとの共著、9th ed. Revised and augmented by Henry Stuart Jones. London: Oxford Univ. Press, 1966）の編纂者としてよく知られています。

　ルイス・キャロルは克明な日記を付けていました。日記の現物は大英図書館に保存されています。ルイス・キャロルの英国の研究者であり、加えて有数のコレクターでもあるエドワード・ウェイクリング（Edward Wakeling）が編纂した『ルイス・キャロルの日記』（*Lewis Carroll's Diaries*）全10巻の中から、1862年7月4日金曜日（第4巻、94-95頁）の日記を見ることにしましょう。

July 4. (F)
…. and Duckworth and I made an expedition up the river to Godstow with the three Liddells: we had tea on the bank there, and did not reach Ch. Ch. again till quarter past eight, when we took them on to my rooms to see my collection of micro-photographs, and restored them to the Deanery just before nine.

第五の扉 『不思議の国のアリス』

(1862年) 7月4日 (金曜)
 その後、ダックワースとリデル家の3人の娘と連れだって、上流のゴッドストウに向けボートで遠出。着くと川辺で軽い食事。クライスト・チャーチに帰り着いたのは、かれこれ8時15分。娘さんたちを部屋に招き入れ、私が収集した顕微鏡写真を見せてあげる。教授宅まで送ってゆくと、もう9時近い。

 1862年のカレンダーをコンピュータで自作してみると7月4日は確かに金曜日であり、ボートでの遠出が週末のお出かけであったことが確認できます。キャロルもこれと同じカレンダーを眺めていたのだと思うと、ヴィクトリア朝時代に抜け出たような感じを抱きます。
 当日のキャロルの日記には午前中の出来事と思われる記載もあるので、このゴッドストウでのお茶はアフタヌーン・ティーでしょう。ということは、お茶 (tea) だけを飲んだのではなく、サンドイッチやお菓子などと共にお茶を楽しんだのであろうと想像されます。
 キャロルと同じヴィクトリア朝時代のテムズ川でのボートの旅を描いたものにジェローム・K.ジェローム (Jerome K. Jerome) の『ボートの三人男』(*Three Men in a Boat*, To Say Nothing of the Dog!, 1889) という小説があります。テムズ川の地誌としても読むことができるこの小説を英国人はこよなく愛しています。ヴィクトリア朝時代の話になると「この本は読んだことがあるか」ときまって尋ねられる本です。『ボートの三人男』には、ボートの遠出はオールの水がかかり、同乗している女性はたいへんだという描写があります。きっとキャロルのボートの遠出でも、アリスやキャロルにも水がはねてかかったことでしょう。『ボートの三人男』を読むま

1862年のカレンダー

	1862年1月							1862年2月							1862年3月						
日	月	火	水	木	金	土	日	月	火	水	木	金	土	日	月	火	水	木	金	土
			1	2	3	4							1							1
5	6	7	8	9	10	11	2	3	4	5	6	7	8	2	3	4	5	6	7	8
12	13	14	15	16	17	18	9	10	11	12	13	14	15	9	10	11	12	13	14	15
19	20	21	22	23	24	25	16	17	18	19	20	21	22	16	17	18	19	20	21	22
26	27	28	29	30	31		23	24	25	26	27	28		23	24	25	26	27	28	29
														30	31					

	1862年4月							1862年5月							1862年6月						
日	月	火	水	木	金	土	日	月	火	水	木	金	土	日	月	火	水	木	金	土
		1	2	3	4	5					1	2	3	1	2	3	4	5	6	7
6	7	8	9	10	11	12	4	5	6	7	8	9	10	8	9	10	11	12	13	14
13	14	15	16	17	18	19	11	12	13	14	15	16	17	15	16	17	18	19	20	21
20	21	22	23	24	25	26	18	19	20	21	22	23	24	22	23	24	25	26	27	28
27	28	29	30				25	26	27	28	29	30	31	29	30					

	1862年7月							1862年8月							1862年9月						
日	月	火	水	木	金	土	日	月	火	水	木	金	土	日	月	火	水	木	金	土
		1	2	3	4	5						1	2		1	2	3	4	5	6
6	7	8	9	10	11	12	3	4	5	6	7	8	9	7	8	9	10	11	12	13
13	14	15	16	17	18	19	10	11	12	13	14	15	16	14	15	16	17	18	19	20
20	21	22	23	24	25	26	17	18	19	20	21	22	23	21	22	23	24	25	26	27
27	28	29	30	31			24	25	26	27	28	29	30	28	29	30				
							31													

	1862年10月							1862年11月							1862年12月						
日	月	火	水	木	金	土	日	月	火	水	木	金	土	日	月	火	水	木	金	土
			1	2	3	4							1		1	2	3	4	5	6
5	6	7	8	9	10	11	2	3	4	5	6	7	8	7	8	9	10	11	12	13
12	13	14	15	16	17	18	9	10	11	12	13	14	15	14	15	16	17	18	19	20
19	20	21	22	23	24	25	16	17	18	19	20	21	22	21	22	23	24	25	26	27
26	27	28	29	30	31		23	24	25	26	27	28	29	28	29	30	31			
							30													

では、ボートの遠出で水がかかるなどという現実に思いを馳せたことはありませんでした。こんなふうに考えを巡らしていくと、このキャロル一行のボートの遠出がぐっと現実感を増してわたしたちに迫ってくるのではないでしょうか。

　日記によると、帰館は夜の8時過ぎでした。ロンドンの緯度は北緯51度です。ボート遊びをしたオックスフォードはロンドンより

第五の扉 『不思議の国のアリス』

心もち北にあります。ですから、7月4日の夜の8時はまだまだ明るい時間なのです。とっぷりと日が暮れてから夜道を帰ってきたのではなく、夏の長い1日をいとおしむように出かけて、明るいうちに帰ってきているのです。

最初は手稿本

　不思議なことに当日の日記には書かれていないのですが、このボートでの遠出の折、ルイス・キャロルは3人の娘さんにせがまれるまま即興でおもしろい話を一気に語ったのです。『不思議の国のアリス』の基になったお話です。『不思議の国のアリス』の冒頭の詩には、その日の様子がノスタルジックに書き留められています。

　三姉妹を家に送り届けたとき、アリスが「ねえ、今日のお話を本に書いて」とキャロルにせがみます。ルイス・キャロルは、自ら挿絵を描いた本をたった1人で作り上げます。この、アリスを主人公としたお話は『地下の国のアリス』（*Alice's Adventures Under Ground*, 1864）と題を付けられます。世の中にたった1冊しかないルイス・キャロルの手稿本は、2年後の1864年11月26日（土曜）にクリスマスプレゼントとしてアリス・プレザンス・リデルの手に渡ります。この『地下の国のアリス』の執筆経過は1862年7月4日の日記ではなく、1864年9月13日の日記に書かれています。

　なお、『地下の国のアリス』（安井泉訳著、新書館、2005年）は、その後1886年にキャロルが、そのまま複写印刷したファクシミリ版として出版しています。

　1865年、キャロルは『地下の国のアリス』を加筆する形で、出版を目指して並行して準備を進めていた『不思議の国のアリス』（*Alice's Adventures in Wonderland*, 1865）を本にします。さらに

> 《ことばの勉強室 (7)》

アフタヌーン・ティーのティーはメトニミー

　アフタヌーン・ティーは午後の紅茶の意味ですが、紅茶だけではなく、紅茶と共に、サンドイッチやお菓子などを食べます。日本でもお茶にしませんかと言ってお茶を飲みながらお菓子を食べたりせんべいをかじったりすることがありますが、それと同じです。同じと言うよりは、もう少し軽食に近い場合もあるとイメージした方が正確かもしれません。夕食が遅い上流階級の人々にとっては、昼食と夕食との長い間をつなぐ腹ごしらえの意味もあったとされています。社会の上流ほど夕食は遅く、労働者階級になるほど夕食は早かったのです。イングランドの中北部では、夕方に、Tea is ready. と言って夕食に呼ばれることがあります。tea と言うだけで、お茶と食べ物になるのです。これは、その場で tea と食べ物が用意されているからで、tea が空間の隣接のメトニミーとして使用されているために、この意味を担えるのです。「ごはんできたよ」と呼ばれて行くとごはんだけが茶碗に盛られているのではなく、おかずもみそ汁も用意されているのと同じです。この「ごはん」もメトニミーとして使用されています。

　ボートでの遠出など、外で何かを食べることを前提とした行動を picnic（ピクニック）と言います。歩くことが目的であれば hiking（ハイキング）、食事が目的であれば picnic です。picnic は自宅の庭で食べても、仕事合間のランチにお弁当を買って公園や芝生の上で食べても picnic になります。これを hiking と言うことはありません。

その 6 年後、詰めチェスのコマの動きを基調とした『鏡の国のアリス』（*Through The Looking-Glass and What Alice Found There*, 1871）（安井泉訳著、新書館、2005 年）を完成させます。2 つのアリスの物語として世界中で愛されている作品の誕生です（詳しくは『ルイス・キャロル　ハンドブック』［安井泉編著、七つ森書館］参照）。『不思議の国のアリス』（1865 年）は明治元年（1868 年）の 3

年前、『鏡の国のアリス』(1871年)は3年後のことでした。『不思議の国のアリス』は137の言語に翻訳されていますが、日本での翻訳は『鏡の国のアリス』の方が早く、『少年世界』(1899年に連載8回)に「鏡世界」という題で長谷川天渓によって日本に紹介されています(『翻訳の国の「アリス」』楠本君恵 著、未知谷、2001年、3、21頁)。

イラストレーターの競演

　ルイス・キャロルの『不思議の国のアリス』という作品は、マクミランから出版された初版に挿絵を描いたジョン・テニエル(Sir John Tenniel)のみならず、何人もの画家を引きつけ、常に新しい挿絵を描かせる魅力を持っています。

　『不思議の国のアリス』は、ルイス・キャロル自身が挿絵も描いた『地下の国のアリス』(*Alice's Adventures in Under Ground*, 1863)という「絵のあるアリス」が出発点でした。そこから、『不思議の国のアリス』の挿絵が誕生していきます。挿絵のある典型的な小説はと考えてみると、すぐに思いつくのは新聞小説です。挿絵は読者を誘う仕掛けとしての機能も果たしていますが、実は、絵のない絵本のほうがずっと読者の想像力をかき立てます。絵がないゆえに、読者は物語を読みながら挿絵に影響されることなくさまざまな光景を想像できます。一方、挿絵のある本では挿絵があることによって、かえって想像の翼を自由に広げることができなくなってしまい、ともすればその翼が縮んでしまうこともあるのです。

　『不思議の国のアリス』でも、テニエルの筆による挿絵がいったん描かれると、それがあまりにも有名で大きな力をもち、想像力はその挿絵の影響下にともすれば閉じ込められてしまい、そこから抜け

出ることは難しくなると思われます。しかし、原作には不思議なパワーがあると思えてなりません。何人もの挿絵画家が、きれいな花に吸い寄せられる蝶のように集まってくるのです。『「不思議の国のアリス」と「鏡の国のアリス」の挿絵画家』(オーベンデン編) (Graham Ovenden and John Davis eds. *The Illustrators of "Alice in Wonderland" and "Through the Looking Glass"*, Academy Editions, 1972) にはさまざまな挿絵が集められており、読者に想像力の花を開かせています。例えば、Blanche McManus (1896) の第7章のティー・パーティーの挿絵は下記（右）のようなものであると紹介されています。本書で使用しているテニエルの挿絵とはだいぶ趣が異なっています。この『「不思議の国のアリス」と「鏡の国のアリス」の挿絵画家』は88頁の小型で薄い本ですが、この

『「不思議の国のアリス」と「鏡の国のアリス」の挿絵画家』の表紙（左）とMcManusの挿絵

第五の扉 『不思議の国のアリス』

絵に限らず、多くの画家が描いたさまざまな挿絵がぎっしりと紹介され、何人もの画家のイメージを回遊することができるようになっています。

あふれることば遊び

『不思議の国のアリス』、『鏡の国のアリス』、『地下の国のアリス』の3つの物語には、ことば遊びがあふれています。『不思議の国のアリス』の中には、a long tale（長い話）と a long tail（長い尾）、dry（「乾いた」と「無味乾燥」）、not（否定の意）と knot（結び目）、explain yourself（「はっきりと述べなさい」と「あなた自身を説明しなさい」）、axis［ǽksis］（地軸）と axes［ǽksɪːz］（axis［斧(おの)］の複数形）、bite（「噛む」と「（からしなどが）ひりひりする」）など駄洒落とも言うべき語呂合わせ（pun）が登場します。このような単純な語呂合わせのことば遊びは『鏡の国のアリス』よりも『地下の国のアリス』や『不思議の国のアリス』の方に多く見ることができるように思います。この物語が書きことば、すなわち書記言語の物語として生まれたのではなく、ボートの上での話しことば、すなわち音声言語の物語として誕生したという経緯と無縁ではないでしょう。『鏡の国のアリス』にももちろん語呂合わせは出てきますが、『不思議の国のアリス』より高度に洗練されている印象があります。

『鏡の国のアリス』では flour（小麦粉）と flower（花）、ground（grind「挽く」の過去分詞形）と ground（地面・土地）という同音異義語を用いた語呂合わせが登場します。アリスが女王になってから女王になる試験を受けるという、時間が鏡像として逆転している鏡の国の物語が佳境にさしかかる場面です。ここでは、単に駄洒

159

落を言っておしまいになるのではありません。「小麦粉の話」と「花の話」という別々の世界が並行して展開していきます。2つの世界の接点は駄洒落の語の1点のみで、その緊張感に包まれながら、かろうじてつながっているのです。

> Here the Red Queen began again. 'Can you answer useful questions?' she said. 'How is bread made?'
> 'I know that!' Alice cried eagerly. 'You take some flour ——'
> 'Where do you pick the flower?' the White Queen asked. 'In a garden or in the hedges?'
> 'Well, it isn't *picked* at all,' Alice explained: 'it's ground——'
> 'How many acres of ground?' said the White Queen. 'You mustn't leave out so many things.'

ここで、赤の女王様がまた口を開きました。「実践的な問題なら答えられるかの。パンはどのようにしてつくるのじゃ」
「それなら知っているわ」アリスはすぐにでも答えようと大きな声を上げました。「まず、粉を用意します——」

女王とアリス

「小菜はどこで摘んでくるの」白の女王様が尋ねました。「庭なの、それとも、生垣に生えているのかしら」

「粉は摘むのではないのですわ」アリスが説明します。「それは挽くのですわ」

「ヒク野という土地はどのくらい広いのかしら」白の女王様が言いました。「あなたの話は肝心なところがみんな抜けてしまっているのね」

(『鏡の国のアリス』安井泉訳著、新書館、2005年)

音形があり、意味を求む

わたしたちは、普通、何か表したい意味があってことばを探します。適切なことばがないときには新語を造ったり新たに命名をしたりしてことば＝音形を手にします。意味あり、音形を求むというわけです。

$$意味 \longrightarrow 音形$$

ところがルイス・キャロルのことば遊びの考え方は、この逆なのです。まずことば＝音形があり、その意味＝実体は後から考えてゆくのです。音形あり、意味を求むというわけなのです。ことばと意味との関係が、通例のわたしたちの世界の考え方とは鏡像の関係に

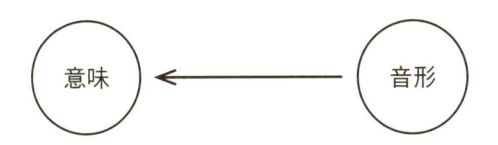

$$意味 \longleftarrow 音形$$

なっているのです。

ルイス・キャロルのことば遊びの言語観は、『不思議の国のアリス』第9章の公爵夫人の Take care of the sense, and the sounds will take care of themselves.(意味にさえ気を付けていれば、音形のほうは自分でなんとかする)のせりふをもじって言えば、Take care of the sounds, and the sense will take care of itself.(音形にさえ気を付けていれば、意味のほうは自分でなんとかする)ということになります。キャロルの世界では、まず「ことば」の音形が生まれ、意味は後からついてくることになるのです。この思いに取りつかれてしまうと、ついには『不思議の国のアリス』に登場するハートの王様のようになってしまうでしょう。裁判で王様がアリスの証言の重要性を吟味する場面で、王様が口にしたのは、次のようなことばです。

木の上のチェシャネコとアリス

'important — unimportant — unimportant — important —' as if he were trying which word sounded best.(「重要である—重要ではない—重要ではない—重要である」王様はあたかもどっちのことばのほうが響きが良いのか確かめているかのようでした)

(『不思議の国のアリス』第12章)

第五の扉　『不思議の国のアリス』

比較検討されているのは important（重要である）と unimportant（重要ではない）という2つの語の音形がもつ響きだけです。ことばの意味の方はすっかり置き去りにされています。意味が正

ニヤニヤ笑いのチェシャネコ

反対の2つの語に関して、意味を考慮しないのであれば、この2語の違いは un- のあるなしというごく些細なことになります。意味を考えずに「びじん」と「ふびじん」、「すき」と「いや」のどちらが音感覚としてよい感じに響くかとまじめに考察しているのです。意味を考えないのですから、決め手は、当然のことながら音形の響きすなわち音感覚の良し悪しをもとに軍配を上げることになってしまいます。

ルイス・キャロルが本領を発揮しているのは語呂合わせでだけではありません。「音形あり、意味を求む」ということば遊びの真髄を支える逆転の発想を縦横無尽に使用しているところです。音形をまず作ってしまいその後で実態を考えるのです。ネコはニヤニヤ笑うことはないので、a cat without a grin（にやにや笑わないネコ）という表現に、わたしたちが不思議を感ずることはありません。キャロルは a cat without a grin の表現をもとにして、without の左右を入れ替えることによって a grin without a cat（ネコなしのニヤニヤ）という音形の表現をつくり出してしまいます。そしてその実態を後から考えることになります。テニエルの挿絵では口元のにやにやのみを残してネコの身体が消えています。これではまだネコの口元は残っており、正確には「ネコなしのニヤニヤ」とは言えな

いかもしれませんが、挿絵の限界としてこの形に落ち着いたのだと思います。

キャロルの時代はウミガメのスープが高価であったので「ニセウミガメスープ」(mock turtle soup) が作られていました。「ニセウミガメスープ」は「にせの『ウミガメスープ』」ですが、キャロルは「『ニセウミガメ』のスープ」と異分析 (metanalysis)（通常とは異なる分析のこと）します。ニセウミガメはニセウミガメのスープの材料であると発想するのです。もちろん、ニセウミガメなど世の中にはいません。ルイス・キャロルは、ウミガメと当時のニセのウミガメスープの材料であった子牛とを合体させ、キメラとしてニセウミガメをつくり出します。テニエルもそのアイデアを踏襲して挿絵を描きました。

日本語だと「ニセタヌキ汁」なら「ニセのタヌキ汁」、「ニセダヌキ汁」なら「ニセダヌキ」を材料とした汁となり区別することができます。「ニセカメ汁」と「ニセガメ汁」も同じです。「ウミガメ」では、すでに「ガ」と濁っているので、「ニセのウミガメ汁」と「ニセミガメを材料とした汁」とを区別することができません。その結果「ニセウミガメスープ」は、英語と同じ異分析が可能なあいまいな命名となっています。

こんなことを考えながら、わたしはルイス・キャロルの

ニセウミガメとアリス

第五の扉 『不思議の国のアリス』

『地下の国のアリス』と『鏡の国のアリス』(いずれも安井泉訳著、新書館、2000年および2005年)の翻訳の仕事をしたのですが、この作業は予想に反して楽しいものでした。英語のことば遊びが日本語で読んでもわかるようにと工夫に工夫を重ねたのですが、登場人物の性格の違いを日本語で区別して表現するなど、童話作家の気分を楽しむことができました。つらくて気を遣うことしかなかった言語学書の翻訳とはひと味もふた味も違う、全く別の種類の時間を楽しむことができたのです。

ことばを楽しむ 5 ──【roofの意味は「屋根」だけではない】

『不思議の国のアリス』にはroofという単語が何度か使われています。たとえば、アリスが、家の形を見てこれは三月ウサギの家に間違いないと判断する場面ではroofは「屋根」の意味で用いられています。

...: she (= Alice) thought it must be the right house, because the chimneys were shaped like ears and the roof was thatched with fur. (アリスは「あれが三月ウサギの家だわ」と思いました。2つの煙突はちょうど耳のような形をしており、屋根はウサギの毛で葺いてあったからです)(『不思議の国のアリス』第6章)

Bessie Pease Gutmann, 1908.
三月ウサギの家(『『不思議の国のアリス』と「鏡の国のアリス」の挿絵画家』より)

一方、物語の最初でウサギの穴に落ちたアリスがたどり着いたのは大きな細長いホールと呼ばれる居間でした。居間にはroofからいくつものランプが吊り下がっています。このroofは「屋根」ではなく「天井」という意味と理解しなくてはなりません。

a row of lamps hanging from the roof (天井から吊り下がってい

るいくつものランプ)

次の例でも、roof は「屋根」ではなく「天井」の意味で用いられています。

Just at this moment her head struck against the roof of the hall:...([アリスは背が伸びていき]ちょうどその時、部屋の天井にゴツンと頭がぶつかってしまいました)(『不思議の国のアリス』第2章)

..., all except the Lizard...sit with its mouth open, gazing up into the roof of the court.(トカゲをのぞけば、だれもが口をあんぐり開けて座り、目は法廷の天井を見つめていました)(『不思議の国のアリス』第12章)

roof には、なぜ「屋根」と「天井」の2つの意味があるのでしょうか。roof は「家の外から見た時の屋根」にも「家の中から見た時の屋根」にも用いられるからなのです。「家の中から見た時の屋根」の意味があるからこそ、英語では the roof of the cave（洞窟の天井）や上あご（the roof of the mouth）を表す場合にも roof を用いることができるのです。

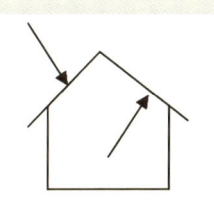

the roof of the house

家の外から見ても中から見ても roof

それでは、なぜ内側から見た屋根も roof と言うのでしょうか。

the roof of the cave　　the roof of the mouth

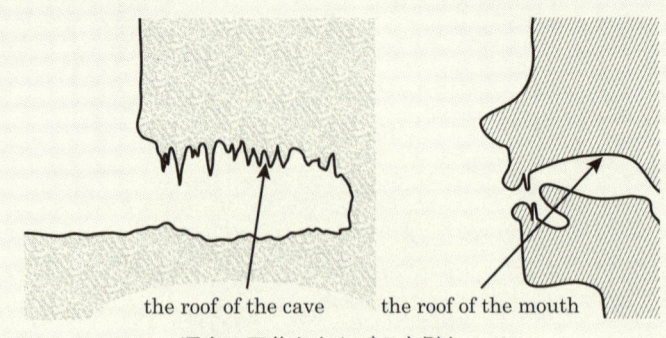

洞窟の天井も上あごの内側も roof

　昔は家の中から屋根の内側がむき出しなり直接見ることができました。天井（ceiling）ができ屋根の部分が直接見えないようになったのは、ルネッサンス（14 – 16世紀）以降なのです。『オックスフォード英語辞典』（*Oxford English Dictionary* ［OED］）を引いてみると ceiling（天井）の初出は1535年となっています。

　同じことばに思いもかけないような意味を見つけたときに、ことばの歴史を遡ってみると、それらの意味がもともとは１つの同じ意味を基に派生したものだったとわかることがあります。そのとき、わたしたちはことばのロマンス（不思議な歴史）がひもとかれた瞬間に立ち会ったことになるのです。

第六の扉

『不思議の国のアリス』
第7章 A Mad Tea-Party

ここでは『不思議の国のアリス』の中で最も有名な第7章の A Mad Tea-Party（きちがいティー・パーティー）を取り上げて、ルイス・キャロルがことば遊びや英語のことばの仕組みをどのようにストーリーのなかにひそませているのか、その手の内をつぶさに少しずつ読み解いていくことにしましょう。

風変わりなティー・パーティーの風景

CHAPTER VII A Mad Tea-Party
There was a table set out under a tree in front of the house, and <u>the March Hare</u> and the Hatter were having tea at it: <u>a Dormouse</u> was sitting between them, fast asleep, and the other two were using it as a cushion, resting their elbows on it, and talking over its head. 'Very uncomfortable for the Dormouse,' thought Alice; 'only, as it's asleep, I suppose it doesn't mind.'

　テーブルがしつらえてあります。ティー・パーティーと言えば家の中のはずなのに、テーブルは家の外にあります。ヴィクトリア朝時代は、ティー・パーティーが室内における社交の中心的役割を果たしていました。室内で行われるはずのティー・パーティーが、わざわざ屋外で行われているだけで mad（気がちがっている）に値する行為なのです。何だか変なティー・パーティーは、和気藹々と行われるだろうという予想を次々と裏切っていきます。
　外にしつらえられたテーブルには、すでに3人が座っています。the March Hare は as mad as a March Hare（3月の発情期を迎えた野ウサギのように気がちがっている）というイディオムから作ら

第六の扉　『不思議の国のアリス』第 7 章

れた、三月ウサギというキャロルが創造した動物です。イディオムにちなんで、三月ウサギは気がちがっています。頭に麦わらが巻いてありますが、これは気がちがっている印です。日本でいえば、文楽などで紫のはちまきを締めている人物が登場してくれば、この人は病に伏せているという印になる「病はちまき」と同じ約束事です。

　the Hatter も as mad as a Hatter というイディオムから作られた帽子屋です。これもまたイディオムにちなんで、気がちがっています。テニエルの挿絵では山高帽に In this style 10/6 と値札が付いています。この帽子は帽子屋の売り物なのです。これは物語の後半の裁判の場面でハートの王様から「これはおまえの帽子か」と聞かれて、帽子屋にとっては帽子は売り物なので「わたしの帽子ではありません」と答えると、「では盗んだのだな!」と問い詰められる伏線となっています。10/6、すなわち 10 シリング 6 ペンスの値札ですが、当時の度量制では 1 penny = 1/12 shilling = 1/240 pound という関係です。つまり、12 ペンス = 1 シリング、20 シリング = 1 ポンドでした。10 シリング 6 ペンスは 10 シリング（= 12 ペンス ×

ティー・パーティー

10) ＋6ペンス＝126ペンスになります。

　a Dormouseはネムリネズミでしょっちゅう眠っています。ネムリネズミは冬眠をする動物なので、冬眠が足りないと考えられます。三月ウサギと帽子屋はネムリネズミの両側に陣取り、ネムリネズミを肘掛けクッションのように虐げながら頭越しに話をするといった傍若無人・無礼千万なふるまいで物語に登場します。取り付く島もない雰囲気です。

　一方、『不思議の国のアリス』の第1章に登場する白ウサギはチョッキを着たthe white rabbitです。「白ウサギ」ですがrabbitは茶色であるのが普通です（Wyld *The Universal Dictionary of the English Language* 1932）。ビアトリクス・ポターの物語に登場するピーターラビットのやや明るい茶色（lightish brown colour）が典型的なa rabbitの色です。「白ウサギ」はその色だけで目立ったはずですが、アリスは白ウサギを見ても初めはあまり気に留めませんでした。a rabbitは巣穴を作る穴居動物です。アリスがa rabbitの後を追いかけてa rabbit holeに落ちるという筋立ては、このウサギの性質から発想されたものです。a hare（野ウサギ）の方は草むらに隠れダッシュで逃げる動物なので巣穴を作りません。もしa hareに出会ってその後を追っても巣穴には行き当たることはありません。

時計を眺める白ウサギ

第六の扉 『不思議の国のアリス』第7章

椅子に座るアリス

The table was a large one, but the three were all crowded together at one corner of it: 'No room! No room!' they cried out when they saw Alice coming. 'There's *plenty* of room!' said Alice indignantly, and she sat down in a large arm-chair at one end of the table.

3人は1カ所に固まって座っています。No room!のroomは「余地」「空間」の意味です。場所は屋外であり、さらに席はたくさん空いているのにNo room!なんてとアリスは思います。小説ではindignantly（憤然として）など副詞が多用されます。副詞によって場面の空気を伝えようとするのです。said Aliceだけではアリスの気持ちやその場の雰囲気は鮮やかな心象風景とはなりません。

アリスは、お誕生席を思わせる大きな肘付きの椅子に腰を下ろします。sit down in the arm-chairとinが使われています。sit in the chairとあると必ず肘付きの椅子です。chair（椅子）と呼ぶには背もたれが不可欠ですが、肘掛けはあってもなくてもよいのです。一方、stoolは「背もたれのない椅子」を意味します。stoolではsit on the stoolとonが用いられます。stoolは肘掛けがないのでinを用いて ×sit in the stoolとは言えません。sit on the chairなら肘掛けのない椅子が、sit in the chairでは肘付きの椅子（arm-

椅子に座るアリス

chair) に身体が包まれるように座る感じが表されます (26 頁参照)。

ワインを勧めるには

'Have some wine,' the March Hare said in an encouraging tone.
Alice looked all round the table, but there was nothing on it but tea. 'I don't see any wine,' she remarked.
'There isn't any,' said the March Hare.
'Then it wasn't very civil of you to offer it,' said Alice angrily.
'It wasn't very civil of you to sit down without being invited,' said the March Hare.

Have some wine.（ワインはどうかね）と三月ウサギがワインを勧めます。in an encouraging tone（人を励ますような調子で）は、はじめの気まずく取り付く島もなかった雰囲気の好転を期待させます。励ますような調子とは、お互いの気持ちを解きほぐすかのようにということですから、アリスはちょっとうれしかったに違いありません。encouraging は人を目的語に取る動詞 encourage（人を励ます、人を勇気づける）の現在分詞の形容詞用法です (25 頁参照)。

人にものを勧めるときには Have some wine. のように please を付けません。第二の扉のメアリー・ポピンズでも説明したように、please を使うのは、相手の利益ではなく、話し手の利益になることをお願いするときです。例えば、Could you please close the door? など、自分が寒いか何かの理由でドアを閉めてほしいと聞き手にお願いをする場合です。「Please!」と単独で使うと、あなたが今やっ

第六の扉　『不思議の国のアリス』第 7 章

ていることをやめてほしいという意味となります。親同士がしゃべっているときに子どもが横でうるさく騒いでいると、親は Please!（ちょっと静かに待っていてちょうだい）と言います。いやなことをされたときにも Please!（やめて！）と言います。

　講演会などで人を紹介した後、「ではノーム・チョムスキーさん、どうぞ」と名前のあとに「どうぞ」を付けますが、英語ではここで please を用いることはありません。Noam Chomsky. とだけ言います。また、講演者は「ただいまご紹介にあずかりました〜です」と名前を繰り返しますが、英語ではこれもしません。Noam Chomsky, please. とすると「ノーム・チョムスキーさん、御願いやめて！」の意味になってしまいます。また、名前を紹介された後に、自分で I'm Noam Chomsky. と言うと「わたしの名前は先ほどの紹介とは違って、正しくはノーム・チョムスキーです」の意味になりますから、紹介した人は青くなります。名前を間違えて紹介し、本人が訂正したと思うからです。

　さて、話をアリスに戻しましょう。ワインを勧められたアリスがテーブルをぐるりと見渡しても、ワインはありません。ワインをどうぞと勧めるからには、ワインがそこにあるはずです。ところが、人に勧めているのにワインは見当たりません。三月ウサギは、「ワインなんか最初からないさ」とにべもありません。人にものを勧めるときは、当然そこにあるものを勧めるという最初の前提が崩されています。この前提が崩されるインパクトがあまりに大きいので、

ワインという酒を子どもに勧めているというノンセンスを読み落としかねない場面となっています。

この章での会話のぎくしゃくさは、会話はお互いに協力し合って、必要かつ十分な内容を言うべしという会話の協調の原理や会話の格率（Grice, 1970）に違反していることが原因となっています。Then it wasn't very civil of you to offer it.（ワインがないのを知りながら、ワインを人に勧めるなんて失礼だわ）とアリス。civilという語はnot civil（無礼である）という否定の形で用いられると、上流の人が非上流の人の行動を非難するときの表現となります。こういったせりふから、この物語の中では、アリスは上流の人という設定だとわかります。(Ross, 1956, 1969.; Ross, Howard and Buckle, 1978)

The March Hare も負けてはいません。招待もされていないのにずかずかとやってきて、無断で他人のパーティーの席に座るとは、そちらの方が無礼じゃないか、とアリスをやり込めます。It wasn't very civil of you to sit down without being invited.とアリスが使ったと同じ構文で言い返しています。英語では、同じ単語を繰り返すのを嫌いますが、同じ構文の繰り返しは逆に好まれるという変な傾向があります。同じ構文を繰り返すことによって、対比を浮き立たせることができるからです。例えば、占星術（the astrology）と天文学（the astronomy）の違いを述べる次の文はその典型的な例です。

What is the difference between the astrology and the astronomy?—Whether the stars explain man or man explains the stars.（占星術と天文学の違いはなあに——星が人を説明するか、人が星を説明するかの違いだ）

第六の扉 『不思議の国のアリス』第7章

アリスの話の続きを読むことにしましょう。

かみ合わない会話のはじまり

'I didn't know it was *your* table,' said Alice; 'it's laid for a great many more than three.'
'Your hair wants cutting,' said the Hatter. He had been looking at Alice for some time with great curiosity, and this was his first speech.

'You should learn not to make personal remarks,' Alice said with some severity; 'it's very rude.'

あなた方のテーブルとは知りませんでしたわ、とアリス。それでも、席はたくさん空いているのに……とアリスは譲りません。「髪が伸びているな」と突然帽子屋が口を開きます。相手を批評して、会話で優位に立とうとする帽子屋。「プライベートなことを口にするものではないわ。失礼よ」と、アリスは、会話でのタブーを口にしたと帽子屋をやり込めます。

The Hatter opened his eyes very wide on hearing this; but all he *said* was, 'Why is a raven like a writing-desk?'
'Come, we shall have some fun now!' thought Alice. 'I'm glad they've begun asking riddles.—I believe I can guess that,' she added aloud.
'Do you mean that you think you can find out the answer to

177

it?' said the March Hare.

'Exactly so,' said Alice.

　帽子屋もアリスの言いぐさを聞いて目をむいたのですから、むっときたのでしょう。しかし、アリスは何も言い返しません。突然、帽子屋が Why is a raven like a writing-desk?（ワタリガラスとかけて書き物机と解く、その心は）となぞかけをします。アリスは、Come, we shall have some fun now!（いいわ、なぞなぞ遊びを楽しもうというのね）と乗り気です。解けると言うのかいと三月ウサギに問われて「もちろん」と膝を乗り出すアリス。友好的な対人関係の証としてのなぞなぞ遊びなのねと喜ぶアリスですが、これこそが相手の仕掛けたわなです。三月ウサギはアリスを妙な論理の世界に引き込んでいきます。

　'Then you should say what you mean,' the March Hare went on.
　'I do,' Alice hastily replied; 'at least — at least I mean what I say — that's the same thing, you know.'
　'Not the same thing a bit!' said the Hatter. 'You might just as well say that "I see what I eat" is the same thing as "I eat what I see"!'

　Then you should say what you mean（解けると言うのなら、その意味が伝わるように言うべきだ）と三月ウサギ。アリスは、そう言ったつもり（I do）である、すなわち I say what I mean.（自分が伝えたいことをわたしは言ったわ）と言いますが、自信がなくなり、少なくとも（at least —）I mean what I say.（自分が言ったこ

とがわたしが伝えたいことよ）と言い直します。

ややこしいことになりましたが、これがもし同じだとするのなら、I see what I eat.（食べるものは見える）[すなわち、カスミは食えない]とI eat what I see.（見えるものを食べる）[すなわち、目に入るものは食べ物でなくても食べる]も同じになるというわけだ、と三月ウサギ。この三月ウサギの言い分は確かにわかります。

アリスのI say what I mean.（伝えたいことは言う）はI mean what I say.（言うことが伝えたいこと）とは同じになるのでしょうか。I say what I mean.（本音は言った）とI mean what I say.（口にしたことが本音だ）とは微妙に違うように思われます。建前＝本音の世界であれば、I say what I mean.（自分が伝えたいことをわたしは言ったわ）とI mean what I say.（自分が言ったことがわたしが伝えたいことよ）とは確かに同じになりますが、現実では建前と本音が常にずれています。本音をなかなか言えない建前の社会です。現実の世の中での会話を皮肉っているという理解もできるのです。

それは論理のすり替えだという三月ウサギは、さらにアリスに食い下がります。

本音＝建前の成り立ちそうなアリスの世界

'You might just as well say,' added the March Hare, 'that "I like what I get" is the same thing as "I get what I like"!'
'You might just as well say,' added the Dormouse, who seemed to be talking in his sleep, 'that "I breathe when I sleep" is the same thing as "I sleep when I breathe"!'

I say what I mean. = I mean what I say. と言うのだったらI like what I get.（手に入れたものは気に入っている）とI get what I like.（気に入ったものは［何でも］手に入れる）も同じことになると三月ウサギ。ネムリネズミが眠ったまま寝言のように、自分の場合はI breathe when I sleep.（眠っているときは息をしているとき）とI sleep when I breathe.（息をしているときは眠っている）は同じことだと言います。

　四六時中寝ているネムリネズミにしてみれば確かにその通りであると、読者はここでは同意するでしょう。常に眠っているという特殊な状況、あるいは、建前＝本音が成り立つ特別な世界では、不思議の国の住人たちが例に挙げるような2つの命題は同じことになります。逆に言えば、特殊な世界では同じになることはあるとしても、特殊ではない普通の現実の世界では決して2つの命題が一致することはないのです。

　　'It *is* the same thing with you,' said the Hatter, and here the conversation dropped, and the party sat silent for a minute, while Alice thought over all she could remember about <u>raven</u>s and <u>writing-desk</u>s, which wasn't much.

「ネムリネズミの場合は確かにそうだ」と帽子屋も同意。ここで会話が途切れます。騒々しく言い合いをしていたお茶のテーブルは静かになります。

　皆がしばらく黙っています。フランス語の慣用句で「天使のお通り」と言われる一瞬です。だれかがこの沈黙を破らねばなりません。沈黙を破る人（an ice-breaker）が登場する前、アリスは先ほどのWhat is a raven like a writing-desk?（ワタリガラスと掛けて書き

第六の扉　『不思議の国のアリス』第7章

物机と解く、その心は）というなぞなぞの答えを考えています。ワタリガラス（a raven）と書き物机（a writing-desk）、この2つはあまり似ていないように思います。

日付けの話

The Hatter was the first to <u>break the silence</u>. 'What day of the month is it?' he said, turning to Alice: he had taken his watch out of his pocket, and was looking at it uneasily, shaking it every now and then, and holding it to his ear.

最初に沈黙を破ったのは（break the silence）帽子屋でした。「今日は何日だった」とアリスの方を向いて言います。なぞなぞとは無関係な話題です。懐中時計をポケットから取り出して、動いているのかと振ったり耳に当てたりしています。当時はぜんまい仕掛けの懐中時計ですから、動いていればコチコチと音がするはずです。

Alice considered a little, and then said 'The fourth.'
'<u>Two days wrong</u>!' sighed the Hatter. 'I told you butter wouldn't suit the works!' he added looking angrily at the March Hare.

アリスは少し考えて「4日だわ」と答えます。この第7章の前、第6章でアリスはチェシャネコと話して、この先には帽子屋と三月ウサギが住んでいる、どちらも気がちがっていると教わります。アリスは、the March Hare will be much the most interesting, and perhaps as this is May it won't be raving mad—at least not so mad as it was in March.（三月ウサギの方がおもしろそうだわ。今は5月だから、ことによるとそんなに気が違っているわけじゃないかもしれないわ。少なくとも3月のときほどは）と言います。

　三月ウサギ（the March Hare）という登場人物が as mad as a March Hare（3月の交尾期のウサギのように気が違っている）というイディオムを背景にしていることは、ここでも裏付けられていました。このことから、アリスが「4日だわ」と言ったのは、5月4日のことだと考えられます。5月4日はこの物語が1862年7月4日金曜日のボートの遠出で初めて語られた相手、実在のアリス・プレザンス・リデルの誕生日です（1852年5月4日生）。このとき、実在のアリスは10歳でした。

『不思議の国のアリス』は、この遠出で語られた話が基になったもので、夏の昼に物語は始まります。一方、『鏡の国のアリス』は冬の夜に始まります。こちらの物語の始まりでは外は雪です。「ねえ、キティ、明日は何の日か知っているかしら」とアリスは子ネコに聞きます。外では男の子たちが、明日の大かがり火にする小枝を集めています。大かがり火は、第一の扉にも出てきた11月5日のガイ・フォークス・デイ（Guy Fawkes Day）（39頁参照）のことです。このことから『鏡の国のアリス』の物語のはじまりは11月5日の前日で11月4日ということになります。『鏡の国のアリス』第5章「羊毛と水」（Wool and Water）では、白の女王から年齢を聞かれたアリスが "I'm seven and a half exactly."（わたしはちょうど7歳半です）と答える場面があります。11月4日はアリスの誕生日の5月4日からちょうど半年後です。このことから逆算すると、アリスは、『不思議の国のアリス』では7歳の設定であったことになります。

　さて、『不思議の国のアリス』のティー・パーティーに戻りまし

ょう。帽子屋の懐中時計は2日狂っています。Two days wrong! は、進んでいるときにも遅れているときにも使えますが、ここでは時計が止まっているので2日遅れていると考える方が普通でしょう。帽子屋はバターは合わないと言っただろうと腹を立てています。

'It was the *best* butter,' the March Hare meekly replied.
'Yes, but some crumbs must have got in as well,' the Hatter grumbled: 'you shouldn't have put it in with the bread-knife.'

「使ったのは最上級のバターのはずだったが」と、三月ウサギは meekly（ふがいなさそうに）言います。ここでも副詞が情景を鮮やかにしています。「時計にバターを塗るとき、パンくずでもついていたんじゃないのか。バターナイフでやっちゃだめだ」と帽子屋。

grumble（ぶつぶつ言う）は擬声語由来の動詞です。これを使うことで、ただ「言う」という以上の「ぶつぶつ」という副詞的意味も含めてその様子が描写されています。このように副詞的要素を含まない基本動詞の say や reply などが使用される場合には meekly や grumble のような副詞を補って情景を細かく描写し、登場人物の感情を描き出すのが物語の定石です。このように、工夫された表現によって、読者はよりはっきりと情景を描き出せるのです。

The March Hare took the watch and looked at it gloomily: then he dipped it into his cup of tea, and looked at it again: but he could think of nothing better to say than his first remark, 'It was *the best* butter, you know.'

三月ウサギは懐中時計を紅茶にポチャッと浸けてみますが、何も好転しません。

おかしな懐中時計

Alice had been looking over his shoulder with some curiosity.
'What a funny watch!' she remarked. 'It tells the day of the month, and doesn't tell what o'clock it is!'
'Why should it?' muttered the Hatter.
'Does *your* watch tell you what year it is?'

興味深く肩越しにのぞきこんでいたアリスは、変な時計、何日かはわかっても、今が何時かはわからないなんて、と言います。帽子屋は、時計は何で時間がわからないといけないのだ、きみの時計だって、今年は何年かはわからないだろうと応じます。

'Of course not,' Alice replied very readily: 'but that's because it stays the same year for such a long time together.'
'Which is just the case with *mine*,' said the Hatter.
Alice felt dreadfully puzzled. The Hatter's remark seemed to have no sort of meaning in it, and yet it was certainly English. 'I don't quite understand you,' she said, as politely as she could.

もちろんわからないわ、なぜって長い間ずーっと今年は今年のままですものとアリス。だとしたら、2人の時計は同じだと帽子屋。アリスはわけがわかりません。帽子屋の理由はよくわからないので

す。確かに外国語じゃないけど、おっしゃっていることがわかりませんわ、とアリスは丁寧に帽子屋に尋ねます。

聞かれた帽子屋の答えはありませんが、帽子屋の論理は次のようなものだったのでしょう。「何かと何かは同じです」、あるいは「違います」と言うときには、どこまでが同じ、あるいは違うかというレベルが関わってきます。われわれの時計と帽子屋の時計の対比は、次の表の通りです。アリスは、dayやtimeの表示のレベルを見て違うと判断していますが、帽子屋はyearの表示のレベルに準拠し2つの時計は同じであるとしたのです。

	Hatterの時計	Aliceの世界の時計
yearの表示がある	×	×
dayの表示がある	○	×
timeの表示がある	×	○

この考え方は、どんなものでも、同じにもなれば違うことにもなるという理屈をこねることが可能なことを予測させます。例えば、人間と植物とはどちらも命があるので同じものである。あるいは、人間と岩とは、どちらも地球上に存在しているので同じものである、ということになります。細かく見ていけば、全く同じ物は存在しないのですが、より大きな枠のレベルで見てゆけば、何でも同じになってしまうのです。違うは同じ、同じは違うということが可能なのです。そういう論理の遊びを帽子屋は行っているように見えます。

眠りに落ちるネムリネズミ

'The Dormouse is asleep again,' said the Hatter, and he poured <u>a little hot tea</u> upon its nose.

The Dormouse shook its head impatiently, and said, without opening its eyes, 'Of course, of course; just what I was going to remark myself.'

ネムリネズミはまた眠ってしまいます。帽子屋はa little hot teaを鼻に注ぎます。a little のa はtea にかかるのではなくlittle を修飾していて、a little で「少し」の意味です。tea は数えてはならない「不可算名詞」です。動物の鼻は最も敏感なところ。そこにhotな紅茶を注ぐというむごさがあります。ネムリネズミはいらいらしたように頭を振ると、目をつむったまま「息していれば眠っている。眠っていれば息してる。自分の場合は、それこそ真」と言います。

答えのないなぞなぞの答えは…

'Have you guessed the riddle yet?' the Hatter said, turning to Alice again.
'No, I give it up,' Alice replied: 'what's the answer?'
'I haven't the slightest idea,' said the Hatter.
'Nor I,' said the March Hare.
Alice sighed wearily. 'I think you might do something better with the time,' she said, 'than waste it in asking riddles that have no answers.'

会話では突然話題を変えるときには、「ちょっと別のことだけど」「話は変わるけど」などと、あらかじめ断ります。そうすることが、話し手と聞き手とが会話を協力して紡いでいくためには必要だからです。ところがこの物語では、突然、何の前触れもなく話が

変わります。普通の会話では許されないことが、この第7章の会話の流れでは起こっています。

帽子屋はアリスの方に向き直ると、「なぞなぞの答えはわかったかね」と問います。

ティー・パーティーの場面では不思議の国の住人は、普通の会話を続ける気がないように見えます。アリスがその話題についてもっと知りたいと聞いても答えてくれず、青天の霹靂のごとく新しい話題がもち込まれますが、都合が悪くなると突然話題を変えてしまいます。わたしたちが日常の会話の中で守るべきとされている会話の協調の原理が、一切守られていません。こういう人が相手だと本当に疲れますが、アリスも同じ気持ちだったことでしょう。

アリスはなぞなぞの答えをいろいろ考えてみますが、どうにもわからないので、「わからないわ、降参します」と言います。

なぞなぞを出されて「降参」と相手が言ったら、それは「答えを教えて」の意味です。

なぞなぞを出した帽子屋は、「答えなんかないさ」とすまし顔です。三月ウサギも「知らない」と言う。アリスはうんざりして、「答えのないなぞなぞなんかで時間を浪費するより、もっと時間は有効に使うべきだと思うわ」と言い返すのですが、I think とオブラードに包んで語気を弱めようとしています。

このなぞなぞ What is a raven like a writing desk?（ワタリガラスと掛けて書き物机と解く、その心は）は『不思議の国のアリス』を読んだことのある人なら、記憶に残る部分です。物語はあらすじではなく、細部で記憶されます。それにしても、このなぞなぞの答えを知りたいとは思いませんか。当時の読者も同じでした。『不思議の国のアリス』を出版したマクミラン社には、「あのなぞなぞの答えは何だ」という問い合わせの手紙が、山のように舞い込みまし

た。『不思議の国のアリス』は1865年の暮れに出版されました。本の出版年代として1865年と印刷すると、すぐ年を越して古い感じになってしまうので、印刷されている出版年代は1866年となって

なぞなぞの答えについて

Enquiries have been so often addressed to me, as to whether any answer to the Hatter's Riddle can be imagined, that I may as well put on record here what seems to me to be a fairly appropriate answer, viz. "Because it can produce a few <u>notes</u>, though they are very flat; and it is <u>nevar</u> put with the wrong end in front! This, however, is merely an afterthought: the Riddle, as originally invented, had no answer at all.

（実に何度も問い合わせをいただいています。それは［第7章に「ワタリガラスと掛けて書き物机と解く、その心は」という］「帽子屋のなぞなぞ」が出てきますが、このなぞなぞには何か答えがあるのですか」というものでした。これなら答えとなるのではないかと、わたくしが考えているものをここに書き留めておくことにします。「その心は、『ワタリガラス』も『書き物机』も『草』や『原』に関係があるもので、『鳴く』時の音はいずれも『平坦』。さらに加えて、前と後ろを街ガラス（間違える）ことなし」というものです。実は、これは後から考え出した答えにすぎません。このなぞなぞは、もともと作られた時点では答えはありませんでした）。

it is nevar の nevar のつづりは原文のままです。キャロルは never をわざわざ raven の逆つづりで nevar とつづり遊んでいるのです。notes は「鳴き声」と「短い手紙」が掛けられています。上の訳では、ワタリガラスは「草原」と関係し、机からは「草稿」や「原稿」が生み出されること。そして「鳴く音」はワタリガラスは「カーカー」、机が「鳴れ」ば「ギーギー」「ギシギシ」と、いずれも単調な音と考えて工夫して訳してみました。

第六の扉　『不思議の国のアリス』第7章

います。クリスマスプレゼントに合わせての出版は当時の風潮の1つでした。この出版から32年後、キャロルは1897年版（第9版。この版がキャロル生前の最後の版となった）の『不思議の国のアリス』の「86th thousand（千部ずつ刷った86回目）の序文」で、しびれを切らした読者に、やっと重い腰を上げ、なぞなぞの答えを披露することになります。もともと答えのないなぞなぞに対して、無理に答えを考えなくてはならなかったために、この答えはわたしには、苦し紛れのように思えます。キャロルは序文で、読者に向かって左のように述べました。

わたしがキャロルだったら、このなぞなぞに対してBoth have two eyes. と解きます。ワタリガラスには目が2つ。a writing desk にはつづり字のi（eyeと同じ発音）が2つ。この答えの出来映えの判断は読者に委ねることにして、なぞなぞを解くのは楽しいものです。なぞなぞと言われて、アリスはCome, we shall have some fun now!（いいわ、なぞなぞ遊びを楽しもうというのね）と答えていますが、このfunとは、なぞなぞ遊びのような何かおもしろいことをして大いに楽しむということを表しています。

普通、なぞなぞを作るときには、答えがまずあって、それを悟られないように問いを作るという手法を採ります。これに対してなぞなぞを解くという作業は、なぞなぞの問いから、そこに隠されている答えを、何とか探り出そうと一生懸命に考えることにほかなりません。

なぞなぞの仕組み

なぞなぞの作成手順　　　答え→問い＝なぞなぞ（riddle）
　　　　　　　　　　　　　　　↓
などなぞの解答手順　　　答え←問い＝なぞなぞ（riddle）

帽子屋は答えがないにもかかわらず、なぞなぞの作成段階抜きに問いのみを提示しているのです。なぞなぞ作成の段階が存在してないにもかかわらず、なぞなぞを解く段階のみが存在しているのです。これでなぞなぞは解けるのでしょうか。

　なぞなぞがあるから解けると考えるか、答えがなければ解けないと考えるか。これは、『不思議の国のアリス』第8章「クィーンのクロケー場」で、空にチェシャネコの顔が現れるときの議論に通じます。女王は「首を切れ」と命じますが、胴がないから首を切ることはできない、いや、首があるのだから首を切ることはできるという論理合戦で賑やかになりますが、なぞなぞが解けるか否かの論理は、チェシャネコの首の論理そのものなのです。

　Have you guess the riddle, yet? の質問は、なぞなぞの答えがあるという前提のはずなのに、答えはないというのも矛盾しています。'I haven't the slightest idea,' said the Hatter. という箇所は、ティー・パーティーの最初の場面のワインを勧めるのと同じ構造です。ワインがあるからこそワインを勧めるのに、ワインがない。なぞなぞは答えがあるからこそなぞなぞの問いを発するはずなのに、答えがないのです。わたしたちの思考方法とは真逆です。この真逆は、『不思議の国のアリス』の中のことば遊びの真髄であり、すべてが鏡像になる『鏡の国のアリス』へのプレリュード（前奏曲）となり、キャロルのことば遊びの主旋律となっているのです。

　時間の浪費だわと言うアリスに帽子屋が答えます。

Time 氏とのこと

　'If you knew Time as well as I do,' said the Hatter, 'you

第六の扉 『不思議の国のアリス』第 7 章

wouldn't talk about <u>wasting it</u>. It's *him*.'
'I don't know what you mean,' said Alice.
'Of course you don't!' the Hatter said, tossing his head contemptuously. 'I dare say you never even spoke to Time!'
'Perhaps not,' Alice cautiously replied: 'but I know I have <u>to beat time</u> when I learn music.'

わたしと同じように Time 氏のことを知っているのだとすれば、waste it（ものを浪費する）ではない。Time 氏は男性（*him*）だと帽子屋。

女性だと言わないのは、Time という時の神様は、前髪だけ毛が残っている老人としてよく絵画に描かれることが背景にあります。

アリスは、何が何だかわかりません。「ばかなあんたにゃわかるまい」と、帽子屋は相手を軽蔑したように頭をつんと反らせました。Time 氏と話をしたこともないのだろうと追い打ちを掛ける帽子屋に、ことによると確かにそうだわとアリス。でも、話したことはないけれど、音楽の時間に拍子を打つ（to beat time）ことはあるわ、と続けます。

beat time は「音楽に合わせて拍子を取る」（to beat time to the music）の意味もありますが、「時を殴る」の意味にもなるのです。後者の意味で理解をした帽子屋が続けます。

'Ah! that accounts for it,' said the Hatter. '<u>He won't stand beating</u>. Now, if you only kept on good terms with him, he'd do almost anything you liked with the clock. For instance, suppose it were nine o'clock in the morning, just time to begin lessons: you'd only have to <u>whisper a hint</u> to Time, and round goes the clock in a twinkling! Half-past one, time for dinner!'

それでわかった、Time氏は殴られることに耐えられなかったのであろう、と帽子屋。He won't stand beating. の beating（殴られる）は動名詞です。Time氏と仲良くしていれば、彼は時間についていろいろ融通してくれるものだ。例えば、今、朝の9時だとしよう。ちょうど授業が始まるところだ、ちょっとヒントになることをささやいてやりさえすれば、たちまち午後の1時半、昼の時間だ、と帽子屋はアリスをそそのかします。

whisper a hint は「お昼にして」と直接的にそのものずばりを言うのではなく、「勉強したい気分じゃないわ」「早くお昼休みになればいいのに」など、昼になってほしいと暗示する言い方のことです。暗示的手段（hinting strategy）と言われる手法です。窓を閉めてほしいときに、「ちょっと寒くありませんか」と言うのと同じです。

午後1時半は英国では昼休みです。1時までが午前の授業、1時から2時までが昼休みとなります。昼食をdinnerというのは非上流（non-U:non-Upper）のことばです。上流（U:Upper）では昼の食事をlunchと言います。(Ross, 1956, 1969.; Ross, Howard and Buckle, 1978)

	昼食	夕食
non-U	dinner	evening meal
U	lunch	dinner

『不思議の国のアリス』『鏡の国のアリス』ではアリスは上流（U）のことばを話す女の子として描かれています。一方、帽子屋はここではdinnerという非上流（non-U）のことばを使っています。

第六の扉　『不思議の国のアリス』第 7 章

('<u>I only wish it was</u>,' the March Hare said to itself in a whisper.)
　'That would be grand, certainly,' said Alice thoughtfully:
'but then ― I shouldn't be hungry for it, you know.'
　'Not at first, perhaps,' said the Hatter: 'but you could keep it to half-past one as long as you liked.'
　'Is that the way *you* manage?' Alice asked.

I only wish it was=I only wish it was half-past one.（現実にはお昼の1時半ではないが、お昼の1時半だったらよいのになあ）と三月ウサギが独り言をつぶやきます。アリスは少し考えながら「そうだったら、確かにすごいわ。でも（朝の9時にいきなりお昼だと言われても）お腹がすいていないわ」と言います。最初はお腹が空いていなくても、ずっと1時半でいてくれるから、お腹はそのうちにすいてくるさ、と帽子屋。アリスは「それがあなたの常套手段なの」と尋ねます。

女王を怒らせた歌

The Hatter shook his head mournfully. 'Not I!' he replied.
'We quarreled last March ― just before <u>*he*</u> went mad, you know ―' (pointing with his tea spoon at the March Hare,)
'― it was at the great concert given by the Queen of Hearts, and I had to sing

　　"*Twinkle, twinkle, little <u>bat</u>!*

How I wonder what you're at!'

You know the song, perhaps?'
　'I've heard something like it,' said Alice.

　いやそうじゃないんだ、実は Time 氏とけんかしちまったんだ、と沈んだ声で帽子屋が言います。まだコイツがおかしくなる前だった。*he*（コイツ）は三月ウサギを指しています。*he* と強勢があるので、新しい話題として述べています。He が Time 氏のことであれば、今まで話題となっていたので、強勢が置かれることはありません。帽子屋はおまえのことだと念を押すように、紅茶のスプーンで三月ウサギを指します。

　ここに来て、帽子屋は non-U のお行儀の悪さが丸出しとなります。このきちがいティー・パーティーが開かれているのは5月4日の設定です。「まだコイツがおかしくなる前だった」ということは三月ウサギが3月の発情期をこれから迎えようとするときに、帽子屋は Time 氏とけんかをしてしまったという設定です。帽子屋はハートの女王主催の大きな音楽会で歌わなくてはならない羽目になり、こう歌ったんだと歌を歌い出します。1行目の bat と2行目の at が韻を踏んでいます。

　　ひらひらひらひら　コウモリさん
　　あなたは何をしているの

　本歌の twinkle, twinkle little star「きらきらまたたけ小さな星よ」では、twinkle は「きらきらまたたく」という意味の動詞の命令文として使われています。しかし、twinkle, twinkle little bat を

「きらきらまたたけ小さなコウモリ」と理解しては、おかしい感じがしますし、何の仕掛けもないつまらない替え歌に思えます。ここでは、twinkleのもう1つの意味、「ひらひら飛ぶ」という意味で使用されていると考えるのがよさそうです。twinkle は「小刻みに繰り返し動く」という意味を元に意味の拡張が起こり、「きらきらまたたく」「眼をまばたく」「蝶がひらひら舞う」「旗がひらめく」「(踊る人の足が) 軽快に動く」などの意味を獲得するにいたっていると考えることができそうな動詞なのです。ここでは、「星がきらきらまたたく」と「コウモリのひらひら飛ぶ」との意味が掛けられて、替え歌が作られていると理解するのがよいでしょう。

How I wonder what you are at の what you are at は間接疑問文となっています。what を元の場所に戻すと you are at what となります。この to be at it の形式は He was reading a book and he is still at it.(彼は本を読んでいました、今もまだ読んでいます) に見られる is still at it と同じものです。to be at it は he is still reading the book. の進行相と同じ意味で、人が主語の場合に限って使用できます (He/The machine is copying the documents for the meeting. [彼は/機械は会議資料をコピー中です] に続けて He is still at it. はよいですが、×The machine is still at it. とは言えません)。

「こんな歌を知っているだろう」と帽子屋。「同じようなものを聞いたことがあるように思うわ」とアリス。

'It goes on, you know,' the Hatter continued, 'in this way:—
　　"Up above the world you <u>fly</u>,
　　Like a tea-tray in the <u>sky</u>.
　　Twinkle, twinkle—"
Here the Dormouse shook itself, and began singing in its sleep 'Twinkle, twinkle, twinkle, twinkle—' and went on so long that they had to pinch it to make it stop.

続きはこうだと帽子屋が歌います。

　ずっとかなたの空の<u>上</u>へ
　　空飛ぶお盆と見まがうばかり
　　　きらきらひらひら——

ここでネムリネズミがぶるぶるっと身を震わせると、キラッキラッヒラッヒラッと眠りながら歌い出して<u>止</u>まりません。つねるとやっと歌うのをやめます。

パーティーで歌うことになった人が、自分でも何の歌を歌っているのかわからなくなるという状況は、前に紹介したジェローム・K.ジェローム『ボートの三人男』(1889)の中でも、回想の中によくあることのエピソードとして描写されています。どうも帽子屋だけの、特別な事ではないように思われます。

3行目にあたるflyと、4行目にあたるskyが韻を踏んでいます。

'Well, I'd hardly finished the first verse,' said the Hatter, 'when the Queen jumped up and <u>bawled out</u>, "He's murder-

ing the time! Off with his head!"'
'How dreadfully savage!' exclaimed Alice.
'And ever since that,' the Hatter went on in a mournful tone, 'he won't do a thing I ask! It's always six o'clock now.'

ところがまだ1番の歌詞を歌い終わらないうちに、女王が飛び上がるや大きな声で叫んだのです。「この者は時を殺害しておる、首をはねよ」。アリスは「なんて野蛮なの」と答えます。「それからなんだよ、Time氏は何を頼んでも何もやってくれなくなったのだ。それでずっと6時のまんまなんだ」と帽子屋が哀れをそそるような声で続けました。

ここではbawl out（大声で叫ぶ）は、言った内容を"　"で囲んで表す直接話法を取る動詞として使用されています。直接話法という形式は、元のことば遣いをなるべくそのままに伝えようとする用法です。ここでも帽子屋は女王のせりふをなるべくそのままに伝えようとしているのです。どの動詞が直接話法という形式で使用することができるか、その見分けは実は単純ではありません。cry（叫ぶ）、sob（すすり泣きながら言う）、smile（にこやかに言う、～と言ってほほ笑む）、bark（[犬が吠えるように]がみがみ言う）、grunt（[豚がブーブー言うように][不平・不満を]ぶつぶつ言う）などの動詞も、直接話法を取ることができます。これらの動詞が出てきたらそのつど、少し注意して気に留めることが大切です。

殺す相手は…

帽子屋の説明によって、6時のお茶の時間がいつまでも続く理由は、そういう事情であったからなのかとわかります。英語には、

beat time(to the music)([音楽に合わせて]拍子をとる)、kill time(思いがけず空いた時間・暇を無駄のないよう有効に何かをして退屈をまぎらわしてつぶす)という表現はありますが、女王のせりふにあるmurder the timeという表現はもともと英語にある表現ではありません。kill timeを文字通り「時間を殺す」と解釈して、murder the time(時間を殺害する)という表現をキャロルは考え出したのです。killは、kill a flower(花を枯らす)、kill a dog、kill a manにみるように植物、動物、人間のどれでも目的語に取ることができますが、murderの目的語は人間に限られます。×murder a flower/a dogとは言えないのです。さらにmurderは、計画的で残忍な方法で殺害するという意味となります。

人間しか目的語にとることができない動詞であるmurderの目的語にthe timeを使いmurder the timeとすることは、the timeを文法的にも人間扱いしているということの裏返しにほかなりません。

beat timeのbeatの目的語には物でも生き物でも何でもくることができるので、擬人化といっても意味的なレベルに限られました。これがkill timeとなると、目的語にくるtimeは植物を含めた生き物として扱われていることになるので、擬人化は未完成であっても

第六の扉　『不思議の国のアリス』第7章

1歩進みました。このtimeの道半ばの擬人化は、文法的にも人間しかとることができないmurderの目的語の位置にくることでmurder the timeとなります。これによって、timeの擬人化は意味的にも文法的にも完成するのです。

お茶の時間にはお茶を

A bright idea came into Alice's head. 'Is that the reason so many tea-things are put out here?' she asked.
'Yes, that's it,' said the Hatter with a sigh: 'it's always tea-time, and we've no time to wash the things between whiles.'
'Then you keep moving round, I suppose?' said Alice.
'Exactly so,' said the Hatter: 'as the things get used up.'

A bright ideaとあるのは、これほどたくさんの紅茶のカップがなぜ用意してあるのか、その理由がわかったからです。came into Alice's headのcomeは、見ている側の視点に相手の方から近づいてくるときに使用される語です。A bright idea came into Alice's headは、A bright ideaがアリスの意思とは無関係にアリスの視点に近付いてきたというのが元の意味となります。「それでこんなにたくさん紅茶の茶碗が用意してあるのね」とアリスにはその理由が突然わかりました、という描写です。
「まさにご明察」と帽子屋はため息をつくと、「いつもいつもお茶の時間というわけなのだ。普通であればお茶の時間とお茶の時間との間に食器を洗うのだが、それができないのだ」と言います。

between whilesのwhileはwhile we are drinking tea（お茶を飲んでいる時間）の意味です。whilesと複数形であるのは、お茶を

199

飲んでいる時間（A）とお茶を飲んでいる時間（B）との間という意味を表しているからです。

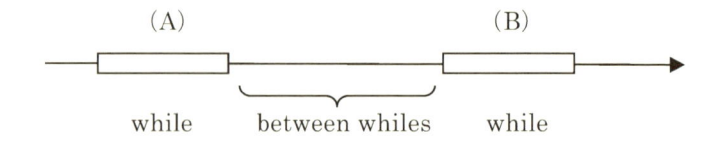

```
        (A)                              (B)
 ───┌──────┐──────────────────┌──────┐──────▶
    └──────┘                  └──────┘
     while    between whiles    while
```

　このティー・パーティーでは、時計が6時を指しているので、四六時中6時ということです。そして、6時はお茶の時間だ、だからお茶を飲まなくてはならないという考え方です。本来はお茶を飲みたいから飲むのですが、主客転倒して飲みたい飲みたくないに関わらず、お茶の時間だから飲まなくてはならないということになっています。6時という時間に追われ縛られている光景は、アリスの物語が生まれた19世紀当時の英国の産業革命を思い起こさせます。Time is money.（時は金なり）ということわざは時間をお金に換算するという考え方ですが、『オックスフォード英語辞典』（*Oxford English Dictionary* [OED]）には1748年が初出とあります。Time is money. ということわざが社会に根を下ろすのは、仕上げていくらという請負労働から一時間働いていくらという時間労働に変革していった、産業革命からであると言われています。

　それで席を移らなくてはならないわけね、とアリス。帽子屋は答えて、まさにその通りだ、（新しい）食器を使い切るまでは、と言います。

テーブルを一巡したらどうするの

'But what happens when you come to the beginning again?'

第六の扉　『不思議の国のアリス』第7章

Alice ventured to ask.

'Suppose we change the subject,' the March Hare <u>interrupted</u>, <u>yawning</u>. 'I'm getting tired of this. I vote the young lady tells us a story.'

'I'm afraid I don't know one,' said Alice, rather alarmed at the proposal.

'Then <u>the Dormouse shall</u>!' they both cried. 'Wake up, Dormouse!' And they pinched it on both sides <u>at once</u>.

　一巡してしまったらどうするのと、アリスは気になり思いきって尋ねてみました。三月ウサギはあくびをしながら、話題を変えよう、この話題は退屈だ、どうだろう、このお嬢さんに話をしてもらうというのは、と提案します。

　interruptという語がしばしば使用されていますが、これは話の腰を折るということで、会話は協調して行うべきとする会話の格率に違反する展開となっています。yawning（あくびをしながら）は、話題がつまらないと思っていることを態度でも示しています。相手の言うことを無視する態度は、会話を進めていく上で非協力的な行儀の悪い態度です。

　この提案にびっくりして、自分に矛先が向けられ火の粉が飛んできたと思ったアリスは、わたしにできるお話はないかもしれないわ、と予防線を張ります。だったらネムリネズミにやらせよう、さあ起きろ、と三月ウサギと帽子屋はネムリネズミの両側に座っていたのですが、一緒になってネムリネズミをつねります。

　the Dormouse shall! の shall は、必ず強勢が置かれて強く読まれ、二人称・三人称を主語にして話し手の命令・強制を表す助動詞です。He shall die.（彼のことを生かしておくな、彼を殺せ）、He shall not go.（彼には行かせない）のように命令・強制を表して用いられます。

at once は右と左から「同時に」つねることです。

The Dormouse slowly opened his eyes. 'I wasn't asleep,' he said in a hoarse, feeble voice: 'I heard every word you fellows were saying.'
'<u>Tell us a story</u>!' said the March Hare.
'Yes, please do!' pleaded Alice.
'And <u>be quick about it</u>,' added the Hatter, 'or you'll be asleep again before it's done.'

　ネムリネズミはゆっくりと両目を開けると、眠ってなんかいないさ、しゃべっている声は一言一句聞き漏らしてはいないと言います。
　テレビをつけたまま寝入ったしまった人がいるとき、うるさいかと思って気を遣いテレビをそっと消すと、そのとたんに起きてしまうことがあります。眠りのバランスが壊れてしまうのでしょう。眠ってしまっているように見えても、聴覚だけはまだ寝ていないのかもしれません。
　三月ウサギが、話をしてくれと頼みます。アリスもお願いお話をしてと頼みます。帽子屋は、be quick about it（はやく話せ）、でないと話し終わる前にまた寝入ってしまわんとも限らん、とたたみかけます。Tell us a story. の us は間接目的語で「〜に」という意味です。この文は tell a story to us と to を用いて言い換えができます。

第六の扉 『不思議の国のアリス』第7章

井戸の底の三姉妹の話

'Once upon a time there were three little sisters,' the Dormouse began in a great hurry; 'and their names were Elsie, Lacie, and Tillie; and they lived at the bottom of a well —'
'What did they live on?' said Alice, who always took a great interest in questions of eating and drinking.

　ネムリネズミは Once upon a time there were three little sisters.（昔々あるところに、3人の姉妹が住んでいました）とものすごい速さで話し始めます。

　先ほど、be quick about it は、「はやく話せ」という意味だと述べました。帽子屋は「早く話し始めろ」の意味で用いたのですが、ネムリネズミは「速く話せ」と理解したのです。それで、とてつもない速度で、早口でまくし立てて話し始めたのです。ここにも会話のすれ違いが生じています。

　Once upon a time there were....は、昔話の語り始めの定石です。昔話では、その後いろいろな事件や冒険があり、最後に And they lived happily forever.（そして、皆は幸せに暮らしましたとさ。めでたしめでたし）で終わります。この昔話の語りの構造そのままに話し始めたので、アリスは昔話の定石通り、その後いったいどんな事件が起こって、めでたしめでたしとなるのかと固唾をのんでいるのです。in a great hurry の後にある「；」はセミコロンというものです（「ことばの勉強室（8）」204頁参照）。

　ネムリネズミの話に出てくる Elsie（エルシー）、Lacie（レイシー）、Tillie（ティリー）の名前はこのリデル家の3人のお嬢さんの

203

名前に由来します。ボートでの遠出に出かけたリデル家の三姉妹の名前は、繰り返しになりますが、Lorina Charlotte Liddell（当時13歳）、Alice Pleasance Liddell（当時10歳）、Edith Mary Liddell（当時8歳）でした。Elsie は Lorina Charlotte に由来します。Lorina Charlotte の頭文字 LC をそのまま読むと、「エルシー」です。これを英語のつづり字に写し取って、Elsie としたのです。Lacie は Alice Pleasance の Alice のつづり字（a, l, i, c, e）を並べ替え Lacie とする、アナグラム（anagram）と呼ばれるつづり字遊びによって作られています（「ことばの勉強室（9）」205頁参照）。

1872年（『鏡の国のアリス』（1871）が出版された翌年）、英国の小説家サミュエル・バトラー（Samuel Butler, 1835-1902）が匿名で、ユートピア小説『エレホン』を発表します。理想郷とされる Erewhon の名前は、Nowhere（どこでもない）の逆つづりでアナグラムとなっています。「どこにもない」と言えば『ピーター・パ

―《ことばの勉強室（8）》―

英語の句読点は4種類

英語の句読点には4種類あります。カンマ「,」(comma)、コロン「:」(colon)、セミコロン「;」(semicolon)、ピリオド「.」(period) の順で意味的な切れ方が大きくなります。

カンマ「,」よりも少し切り離したいものにはコロン「:」を用います。典型的には、本の題名と副題など同格となるものを並べるときに使用します。一方、ピリオド「.」では切り離しすぎであると感じられる2つの文を並べるときにはセミコロン「;」を使用します。

, ＜ : ＜ ; ＜ .

意味的切れ方が弱い ←→ 意味的切れ方が強い

第六の扉　『不思議の国のアリス』第7章

《ことばの勉強室（9）》

アナグラム

アナグラムというつづり字遊びは、本来は語を単位としたつづり字遊びだったと思われます。英国では、The Wordsworth Dictionary of Anagrams (Michael Curl, 1982) のようなアナグラム辞典も出版されていることを考えると、英語文化の中ではアナグラムというつづり字遊びには相当の熱気が感じられます。この辞書には、
English（英語）—shingle（小石）
teacher（先生）—cheater（詐欺師）
meal（食事）—male（男性）
などの例を見つけることができます。この辞書では取り上げられてはいませんが、アナグラムは語に限るものではありません。語よりももっと大きな単位の句や文で遊ばれることも、決してまれではありません。アナグラムの出来映えは、上の例にも見られるように、元の表現とつづり字を並べ直してできあがる表現との対比にあります。この組み合わせに意外性があり、思わず苦笑したり、あるいはなるほどと口元がほころんだり、これはなかなかよくできていると感心することがあります。語よりももう少し長い句のアナグラムから、これはよくできていると感心した秘蔵の例を、これまでのわたしのコレクションからいくつか紹介することにします。

■ Funeral（葬式）⇒ Real fun（至福の楽しみ）

■ the eyes（目）⇒ they see（彼らは見る）

■ the country side（田舎）⇒ no city dust here（都会の塵ここには無し）

■ punishment（罰）⇒ nine thumps（げんこつここのつ）

■ panties（パンティ）⇒ step-in（足入れ）

■ legislation（法律）⇒ Is it legal? No!（合法的ですか。とんでもない）

■ One hug, enough?（一度抱きしめるだけで十分ですか）［カンマを挟んで前半の one hug と後半の enough とがアナグラムとなっている］

■ Florence Nightingale（フローレンス・ナイチンゲール）⇒ Flit on, cheering angel.（飛翔せよ、人に元気を与える天使よ）

ン』(Peter Pan) が住むという小さな島ネヴァーランド (Neverland) も、文字通りには「どこにもない国」という意味です。

三姉妹の3番目の娘の名前 Tillie は、モデルとなっている Edith Mary Liddell の別名 Matilda の愛称でした。Elsie, Lacie, Tillie の中で最も凝った作りとなっているのは、何と言っても Alice のアナグラムとして作った Lacie です。この凝った命名方法を見ると、当時ルイス・キャロルが一番のお気に入りだった Alice Pleasance Liddell への思い入れが伝わってきます。

ネムリネズミは、3人の姉妹について They live at the bottom of a well.（井戸の底に住んでいる）と語りますが、第9章でニセウミガメ（the Mock Turtle）が living at the bottom of the sea（海の底に住んでいる）とされているのと呼応しているように思います。

井戸 (well) は、「変わりなく元気」の状態も表す

その三姉妹は何を食べて生きているのとアリスが質問をします。a well—の後にアリスの会話が続いていますが、—（ダッシュ）はネムリネズミの話をさえぎってアリスがしゃべり始めたことを表します。人の言うことを最後まで聞かないで口をはさむのは、ほめられた会話の運びではありません。とにかく、アリスは食べることと飲むことについては人一倍関心があるのです、と弁護の一筆が続いています。

eating and drinking という表現はウサギの穴に落ちたとき広間で見付けた Drink me（わたしを飲んで）と書いてある瓶や Eat me（わたしを食べて）と書いてある箱、ウサギの家で見付けた何も指示が書いていない瓶を思い起こさせます。現在、コンピュータのプログラムに付随している注意書きのテキストファイルには、read

第六の扉　『不思議の国のアリス』第7章

me.txt という名前がついていますが、read me（わたしを読んで）は、ルイス・キャロルの『不思議の国のアリス』の drink me や eat me に由来しているとわたしは考えています。

> 'They lived on treacle,' said the Dormouse, after thinking a minute or two.
> 'They couldn't have done that, you know,' Alice gently remarked; 'they'd have been ill.'
> 'So they were,' said the Dormouse; '*very* ill.'

瓶の中のものを
飲もうとするアリス

ネムリネズミはちょっと考えてから They lived on treacle.（糖蜜だけ食べて生きている）と続けます。live on ～は「～だけを食べて生きている、～を頼りに生活する」ということで、on の後には食品かお金がきます。お金の場合は、He live on his salary/on his pension/on 50 pounds a week（給料で／年金で／週50ポンドで生活する）のようになります。

糖蜜だけを食べて生きていくなんて、できっこないわ、そんなことしたら病気になってしまうわ、とアリス。だからみんな病気なんだ、とても加減が悪いんだ、とネムリネズミ。

very ill の ill は well の反意語ですから、very ill ― very well の対比がまずあります。Well は、How are you? ― I'm quite well, thank you. And you?（お変わりないですか――ええ、おかげさまで元気にしております。皆様お変わりありませんか）のように元気なときに使います。very ill は、常套句 very well（よろしい、結構だ）のもじりともなっています。このもじりにさらに加えて、well（井戸）とのことば遊びにもなっているのです。

紅茶の飲み方でひともんちゃく

<u>Alice tried to fancy</u> to herself what such an extraordinary way of living would be like, but it puzzled her too much, so she went on: 'But why did they live at the bottom of a well?'

'<u>Take some more tea</u>,' the March Hare said to Alice, very earnestly.

　糖蜜だけで生きるってどんな生活だろうとアリスは想像しますが、ますますわけがわからなくなってきます。Alice tried to fancy に見る tried to do という表現は、やってみようと努力するができなかったという意味で用いるので、想像しようとしたがうまく思い浮かばなかったということになります。どうして井戸の底に住んでいたの、とアリスは問いかけるのですが、周りの人はだれも答えてくれません。アリスの問いに答えないで無視する不思議の国の住人は、会話を進めるときの協調の原理に基づく会話の格率の1つ「関連あることを言いなさい」（Be relevant）に違反しています。

　突然、三月ウサギが「もう少し紅茶は飲むか」とアリスに熱心に勧めます。

　人にものを勧めるときには、Take some more tea のように命令

第六の扉　『不思議の国のアリス』第7章

文を使います。断ることができる余地を、なるべく少なくするほうが相手を思いやっていることになるので、人にものを勧めるときの英語の常套手段なのです。第二の扉やこの扉でも説明したように、相手の利益になることを勧めるときには、pleaseは付けません。Buy now!（今がお買い時です）など広告のコピーに、pleaseがついていないのはそのためです。今買えば得しますよとお得な情報を消費者に教えているのでpleaseが付かないのです。pleaseを付けるときは、話し手の利益になることを他人に頼んでいるという意味になります。Please, take some more tea. とpleaseを付けて言ったとすると、紅茶が余って困っているので、捨てるのももったいないから、飲むのを少し手伝ってくれませんかという意味になってしまいます。

　'I've had nothing yet,' Alice replied in an offended tone, 'so I can't take <u>more</u>.'
　'You mean you can't take *less*,' said the Hatter: 'it's very easy to take *more* than nothing.'
　'<u>Nobody asked *your* opinion</u>,' said Alice.
　'Who's making personal remarks now?' the Hatter asked triumphantly.

わたしはまだ1杯も飲んでないわ、だからもっとなんてできない相談だわ、とアリスはぷりぷりしています。帽子屋は何も飲んでいないのなら、それより少なく飲むのは無理としても、それよりも多く飲むのは朝飯前ではないかと屁理屈をこねます。だれもあなたの意見なんか聞いてなんかいないわ、とアリス。「へっ、個人攻撃をしたのは今度はどこのどなたさまでしたっけ」と帽子屋は鬼の首で

も取ったように、アリスを問い詰めます。 Nobody asked *your* opinion.（だれもあなたの意見なんか聞いていないわ）とアリスは怒りますが、ここでは、アリスと三月ウサギのとの会話に帽子屋が割り込み、会話の格率違反を起こしています。

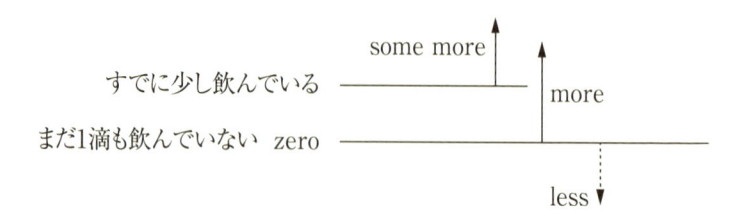

```
                    some more ↑
すでに少し飲んでいる　────────────┤
                              │ more
まだ1滴も飲んでいない zero            │
                              │
                          less ↓
```

　Take some more tea.（もう少し召し上がりますか）に使われているsome more teaは、すでに少しでも飲んでいる人に対してさらにもう少しと勧める場合にのみ用いることができる表現です。いわば、すでに少しは飲んでいるという前提を含んでいるのです。アリスはこのことにこだわってsome more teaは少し飲んだ後にmoreという意味だから、まだ1滴も飲んでいない、すなわち飲んだ量がzeroであるわたしにmoreはおかしいと言います。帽子屋は、zeroにlessは確かに考えにくいが、zeroだったらmoreはむしろ可能、もっと言えばお茶の子さいさいと屁理屈をこねます。さて、どちらに軍配を上げたらよいのでしょう。

　この数の論理は自然数のみが対象となっています。第9章ニセウミガメの話に出てくる授業時間数のエピソードでも、自然数が対象となって議論が進められます。1日目の授業数は10時限（lesson）。毎日1時限ずつ時間数は減っていく、とニセウミガメが海の学校の仕組みを説明します。どうして、と尋ねるアリスに、「だから時減（＝時限）て言うのだ」（That's the reason they're called lessons.）と、その場にいっしょにいたグリフォンが答えます。時限（lesson）と時減（lessen）の語呂合わせのことば遊びを仕掛けての答です。1日目が10時限、2日目が9時限と毎日1時限ずつ減っていくとすると、11日目はお休みとなります。ここでも話はそこまでとなります。すなわち負の数は考慮せず、自然数のみの世界に踏みとどまって話が進んでいきます。

紅茶にはバター付きパン

　Alice did not quite know what to say to this: so she helped herself to <u>some tea and bread-and-butter</u>, and then turned to the Dormouse, and repeated her question. 'Why did they live at the bottom of a well?'
The Dormouse again took a minute or two to think about it, and then said, 'It was <u>a treacle-well</u>.'

　アリスはどう答えたらよいのかわからなかったので、紅茶とバター付きパンを食べ始めます。そしてネムリネズミの方を向くと、どうして井戸の底に住んでいるの、とまた尋ねてみます。ネムリネズミはちょっと考えてから、それは糖蜜の井戸（a treacle-well）だからと答えます。
　アリスは some tea and bread-and-butter（紅茶とバター付きパン）を食べると書いてありま

パンをもつ帽子屋

すが、ヴィクトリア朝時代の人々は、紅茶だけでは胃に悪いと考えていました。そこで胃を痛めないようにするために、紅茶とバター付きパンをいっしょに食べたのです。『不思議の国のアリス』の第11章「だれがタルトを盗んだのか」で裁判に呼び出されることになる帽子屋が、片手に紅茶片手にパンという出で立ちで法廷に向かうことになるのも、当時の食べ合わせの習慣が背景にあるからこそなのです。

糖蜜の井戸

'There's no such thing!' Alice was beginning very angrily, but the Hatter and the March Hare went 'Sh! sh!' and the Dormouse sulkily remarked, 'If you can't be civil, you'd better finish the story for yourself.'
'No, please go on!' Alice said very humbly; 'I won't interrupt again. I dare say there may be *one*.'

　糖蜜の井戸なんてあるはずがないわ、とアリスはばかにしないでと言いたげな口調です。帽子屋と三月ウサギは「静かに」とアリスを静止。ネムリネズミは話を邪魔されたので不機嫌な声で、「お行儀よく聞いていられないのだったら、アリス、きみにバトンタッチして話を最後まで続けてもらおうか」と言うので、アリスは「お願い続けて、もう話の邪魔はしないわ。そう糖蜜の井戸もあるかもしれませんわね、1つぐらいならきっと」とこの上なく謙虚に言います。
　最後のoneはa treacle-wellを受けています。おとぎ話を、現実の視点で批判しているアリス。ネムリネズミの話の世界と、アリス

第六の扉 『不思議の国のアリス』第7章

が知る現実の世界の境界がなくなっています。不思議の国という夢と、現実との2つの世界が絡み合っています。

『不思議の国のアリス』は、アリスがウサギの穴に落ちることによって、気がついたら不思議の国にいるという、現実的な場所から不思議の国へ連続しているように描かれて始まります。そして、夢から目が覚めるというエンディングに象徴されるように、不思議の国と現実とは関連性はあるが非連続のものとして終わる物語と読むこともできます。眠りに落ちるときは知らないうちに眠ってしまいますが、目が覚めるときは、その境界がわりとはっきりと感じられるという、わたしたちの眠りの仕組みがそのまま物語になっているようです。

'One, indeed!' said the Dormouse indignantly. However, he consented to go on. 'And so these three little sisters — they were learning to draw, you know —'
'What did they draw?' said Alice, quite forgetting her promise.
'Treacle,' said the Dormouse, without considering at all this time.

ネムリネズミは「1つぐらいならきっとだと」と憤慨して言い返します。アリスが There may be *one*. と言ったのを「たった1つ」と理解して憤慨しているのです。ただ、話を続けることには同意して話を続けます。三姉妹は汲み方を習っていた。この they were learning to draw には「絵の描き方を習っていた」という意味もありますが、ここでは糖蜜との関係を持たせるために、draw についてネムリネズミは「汲み方」の意味で一義的に用いています。アリ

213

スは話の腰を折らないと約束したことをすっかり忘れて、What did they draw? と尋ねてしまいます。もしかしたら、アリスは何の絵を描くのかと聞いているのかもしれません。ネムリネズミは当然ですが何を汲むのかを聞かれたと思い「糖蜜を」とすぐさま答えます。

ここに表れる you know —のダッシュもネムリネズミが話している途中でアリスがさえぎって話し始めることを表しています。

糖蜜の井戸の謎は深まる

'I want a clean cup,' interrupted the Hatter: 'let's all move one place on.'
He moved on as he spoke, and the Dormouse followed him: the March Hare moved into the Dormouse's place, and Alice rather unwillingly took the place of the March Hare. The Hatter was the only one who got any advantage from the change: and Alice was a good deal worse off than before, as the March Hare had just upset <u>the milk-jug</u> into his plate.

こんがらかった可能性がありそうな話の途中なのに、「新しいカップを所望。1つずつ席を移動」と帽子屋は話をさえぎると、席を1つだけ移動しました。ネムリネズミも帽子屋に続きます。会話の格率違反の言動です。席を4つ移動すればよかったのですが、1つしか移動していないのでアリスは三月ウサギの席に。帽子屋ただ1人が席替えの恩恵を受けることになります。一方、アリスが最初に座った大きな肘掛け椅子の前には、先ほどはだれも使っていないきれいな紅茶のカップが置いてあったのですから、アリスの状況は前

とくらべると雲泥の差で、極めて悪い状況に身を置くことになります。三月ウサギが牛乳の入ったジャーを皿の上にひっくり返したからです。

the milk-jug に入っている milk は、紅茶をミルクティーにするためのもの。当時、紅茶はそのままでは胃によくないとされており、ミルクを入れて飲んでいたのです。

Alice did not wish to offend the Dormouse again, so she began very cautiously: 'But I don't understand. Where did they draw the treacle from?'
'You can draw water out of a water-well,' said the Hatter; 'so I should think you could draw treacle out of a treacle-well—eh, stupid?'
'But they *were in* the well,' Alice said to the Dormouse, not choosing to notice this last remark.
'Of course they were', said the Dormouse; '—<u>well in</u>.'

アリスはネムリネズミをまた怒らせてはならないと、用心してこう切り出しました。「でもちょっとよくわからないのですが、三姉妹はどこから糖蜜を汲むのですか」。帽子屋が答えます。「水を汲むのは水の井戸から、糖蜜を汲むのは糖蜜の井戸から—そんなこともわからないのか、おまえはどこまでばかなんだ」。アリスは帽子屋の言ったことにはわれ関せずという様子で、ネムリネズミにさらにこう尋ねます。「でも三姉妹は井戸の中にいるのよね」。ネムリネズミは「もちろんそうだとも、井戸のいと深きところに」と答えます。
well in は、in the well（井戸の中に）の well と well in（ずっと中の方に）の well との掛けことばでことば遊びとなっています。

訳すときには、最（いと）・甚（いと）と井戸（いど）とを掛けて well in（いと、中の方に）ともできることば遊びに、読者がニヤリとするところです。ここは、糖蜜があれば汲み上げられるのか、井戸の外にいてはじめて汲み上げることが可能であるのかという論理の掛け合いとなっています。この論理は、前のチェシャネコの笑いでも少しふれましたが、今読んでいる第7章の次の第8章の「女王のクロケー場」で、空中に現れる頭だけのチェシャネコの首を切れるかどうかという議論の論理でも、また繰り返されることになります。

Mで始まることばは

This answer so confused poor Alice, that she let the Dormouse go on for some time without interrupting it.
 'They were learning to draw,' the Dormouse went on, yawning and rubbing its eyes, for it was getting very sleepy; 'and they drew all manner of things—everything that begins with an M—'
'Why with an M?' said Alice.
'Why not?' said the March Hare.
Alice was silent.

この答えは、かわいそうにアリスを混乱させました。poor Alice は Alice が poor なのではなく、Alice を見ている読者が気の毒に思うという意味を表す形容詞です。これは、a sad book が「本が悲しがる」のではなく「読んだ人が悲しい思いになる本」という意味となるのと同じことです。

第六の扉　『不思議の国のアリス』第 7 章

　そこでアリスはネムリネズミの話の腰を折らずに、しばらく話し続けさせることにしました。ネムリネズミは、三姉妹は汲むことを学んでいました、と話したところで、あくびをしながら目をこすり、たいそう眠くなっていました。「三姉妹はすべてのもの — M で始まるすべてのものを汲み上げた —」「なんで M で始まるの」とアリス。話の腰を折らないと決めたのに、また話の邪魔をしてしまいました。すかさず三月ウサギが、M じゃいけない理由があるのか、と口を挟んだアリスを制します。アリスは黙ります。

The Dormouse had closed its eyes by this time, and was going off into a doze; but, on being pinched by the Hatter, it woke up again with a little shriek, and went on: '— that begins with an M, such as <u>mouse-trap</u>s, and <u>the moon</u>, and <u>memory</u>, and <u>muchness</u> — you know you say things are "<u>much of a muchness</u>" — did you ever see such a thing as a drawing of a muchness?'

　ネムリネズミはこのときには、すでに目を閉じて舟をこぎ始めます。でも帽子屋がつねると、目を覚まし小さな声を上げるとこう続けました。— M で始まるもの、例えば、mouse-traps（ねずみ取り）、the moon（月）、memory（記憶）、muchness（たくさん）、それから、much of a muchness（似たりよったり）。

　ネムリネズミが mouse-traps を真っ先に挙げるのには笑ってしまいます。mouse-traps, the moon, memory, muchness, much of a muchness は、いずれも M で始まっていますが、具体的で手の届くものから手が届かない抽象度の高いものへと順に並んでいるのは偶然ではないように思います。mouse-traps は可算名詞（数えなくて

217

はいけない名詞)、memory と muchness は不可算名詞（数えてはならない名詞）となっています。この M で始まる語を並べる箇所は、まず much of a muchness という得体の知れないことばを思い付き、そこから逆に M で始まる語を並べてみようと思い付いたのではないかと、わたしはルイス・キャロルの頭の中を想像しています。

ネムリネズミは、muchness を汲み上げるところを見たことはあるかとアリスに尋ねます。

堪忍袋の緒が切れた

'Really, now you ask me,' said Alice, very much confused, 'I don't think —'
'Then you shouldn't talk,' said the Hatter.

えっ今度はわたしに聞いているの、とアリス。とても混乱したアリスは、わたしにはよくわからないけど—と答えます。帽子屋がすかさず、よくわからないのならしゃべるなと釘をさします。

I don't think—では、アリスは I don't think I ever saw one.（わたしは今まで見たことがないと思うわ）と言おうとして、I don't think と途中まで言ったところで、I don't think で言い終わったと解釈した帽子屋が「わたしはものを考えることはしない」と言ったと曲解して、よくわからないのならしゃべるな、と釘をさしているのです。

文を切るべきところで切らないで、他のところで勝手に切って解釈してしまっている異分析（metanalysis）と呼ばれる手法です。それにしても、この世の中はものごとをあまり知らなくて理解が十分でない人ほど、口数が多いことに思い至ります。

第六の扉 『不思議の国のアリス』第7章

<u>This piece of rudeness was more than Alice could bear</u>: she got up in great disgust, and walked off; the Dormouse fell asleep instantly, and neither of the others took the least notice of her going, though she looked back once or twice, half hoping that they would call after her: the last time she saw them, <u>they were trying to put the Dormouse into the teapot</u>.

This piece of rudeness was more than Alice could bear とは、この最後の無礼に、とうとうアリスも堪忍袋の緒が切れたということです。もう我慢できないと椅子から立ち上がると、アリスはその場を後にします。

get up は、普通、起き出す意味で用いられる表現です。ただ目を覚ますだけであればwake up が使用されます。しかし、この get up は椅子から立ち上がる意味です。sit down は立っている人が座ること、sit up は寝ている状態の人が起き上がって座ることを意味します。walk off の off はその場から離れることです。第四の扉で述べたように I'm afraid I am off now.（もうおいとましなければなりません）のように用います。

ネムリネズミはすぐにまた眠ってしまいます。帽子屋も三月ウサギもアリスには見向きもしません。それでもアリスは1、2度振り返ります。後ろ髪を引かれたという描写です。最後に振り返ったときは、帽子屋と三月ウサギがネムリネズミを紅茶のポットに無理矢理押し込めようとしているところでした。

they were trying to put the Dormouse into the teapot と try to do が使用されているので、なかなかうまく押し込めないでいる描写だとわかります。精神学者のフロイトは、ここにセックスのイメ

ポットにネムリネズミを押し込む

ージを読み取りましたが、それよりもヴィクトリア朝時代の文化から読み解く方が、上質の読みになると思います。ヴィクトリア朝時代、ネムリネズミはペットとして飼われていました。冬眠の際に、紅茶のポットに藁を敷いてその中で冬眠をさせてやっていたそうです。三月ウサギと帽子屋は、ネムリネズミの冬眠がまだ十分ではないと判断し、眠くて仕方がないのならもう一度冬眠をやり直せと、ポットの中に押し戻していると見る方がおもしろいと思います。

curious に導かれて

'At any rate I'll never go *there* again!' said Alice as she picked her way through the wood. 'It's the stupidest tea-party I ever was at in all my life!'
Just as she said this, she noticed that one of the trees had a door leading right into it. 'That's very <u>curious</u>!' she thought.

第六の扉　『不思議の国のアリス』第 7 章

'But everything's curious today. I think I may as well go in at once.' And in she went.

とにかく、わたしはもうあんなところへは二度と行かないわ、と森の中を歩きながらアリスは思います。あんなにもばかげたティー・パーティーは初めてだわと言ってふと見ると、アリスは森の中の木の 1 つに扉が付いているのに気がつきます。

まるで、ドラえもんのどこでもドアを発見、という筋立てです。夢の中で場面が変わっていくときには、これと同じような具合になっているのではないでしょうか。アリスは「なんておかしいのでしょう。でも今日は変なことばかり起きるわ」と考えながらも「とにかく中に入ってみましょう」とつぶやき中に入ります。

curious という語は『不思議の国のアリス』の中ではキーワードの 1 つになっています。物語の最初の方で背が伸びてしまったときにアリスが思わず口にするのが、curious の比較級です。アリスはびっくりして気が動転し Curiouser and curiouser（へんこてりん、へんこてりん）と変な英語を叫んでしまいます。正しい英語が言えなくなってしまうほどびっくりしたというのです。英語では、3 音節以上の形容詞では比較級を作るときには、必ず more を用いなくてはなりません。curious は cu-, -ri-, -ous と 3 つの音節から成り立っている 3 音節語ですから、比較級を作るときには more curious and more curious が正しい英語なのですが、Curiouser and curiouser というアリスの間違った英語のせりふは『不思議の国のアリス』の最も有名なせりふの 1 つとなっています。

Once more she found herself in the long hall, and close to the little glass table. 'Now, I'll manage better this time,' she said to herself, and began by taking the little golden key, and <u>unlock</u>ing the door that led into the garden. Then she went to work nibbling at the mushroom (she had kept a piece of it in her pocket) till she was about <u>a foot high</u>: then she walked down the little passage: and *then* ― she found herself at last in the beautiful garden, among <u>the bright flower-beds and the cool fountains</u>.

　ここで物語の振り出しに戻ります。空間がねじれてつながっているようです。アリスは、もう一度、不思議の国で始めに入った細長い居間にいることに気がつきます。すごろくで「始めに戻る」を振り当ててしまったような感じです。the long hall の hall は上流（U：Upper）のことばでは「居間」の意味となります。この細長い居間は、ルイス・キャロルが数学の教員をしていた、クライスト・チャーチ（Christ Church）の Hall（食堂）のイメージではないかと言われることがあります。

　アリスの近くには、小さいガラスのテーブルがあります。「今度は失敗しないわ」とアリスは思いました。そして小さな金の鍵を取ると、庭に通じている扉の鍵をまず開けました。

　she said to herself は「思う」という意味です。声に出さないで頭の中で考えるという意味で用いられる表現で、通例は、独り言を声に出して言うという意味ではありません。しかし、『不思議の国のアリス』の中では、声に出しているとしか考えられない箇所もあります。say to oneself に対して speak to oneself は独り言を言う、sing to oneself は歌を口ずさむ意味となります。

　unlock は lock（鍵を掛ける）に un- という接頭辞が付いています。unlock はいったん lock（鍵を掛けた）ものに対して、その動作と

逆の動作 unlock（鍵を開ける）をするという意味です。undress her child（着せた洋服を脱がせる）、uncover（掛けておいた覆いを外す）、uncork（いったんしたコルクの栓を抜く）などは類例です。これとは別に、形容詞に un- が付くと反対の意味になります。happy（幸せ）— unhappy（不幸）、conscious（気づいている）— unconscious（気づいていない）、common（一般に知れわたった）— uncommon（非凡な、目立つ）などです。ここで、注意が必要な語があります。undone は undo（元に戻す）という動詞の過去分詞で用いられると「元に戻された」の意味ですが、done（処理済み）という形容詞に un- が付いたのであれば「未処理の」の意味となります。どちらも同じつづりですので undone という語が出てきたら、このどちらの意味で使用されているのか見極めないと逆の意味に理解してしまうことになります。

アリスは、この時点ではすでに『不思議の国のアリス』第5章「イモムシの忠告」でイモムシにもらったキノコをかじり、背の高さを自由に制御できるようになっています。そこで1フィートの高さになるように背を縮めます。アリスは無事に扉を通り、小さな道を歩いていきます。気が付くと、アリスは陽にさんさんと照らされ花々が咲き乱れるいくつもの花壇があり、とうとう幾つもの涼やかな噴水のある庭に出ることができたのです。

第1章「ウサギの穴」では、この扉の高さは it was a little door about fifteen inches high すなわち15インチ（38.1cm）とあったので、ここでのアリスの身長1フィート（30.48cm）（＝12インチ）はちょうど良い加減であることになります。the bright flower-beds and the cool fountains（あざやかに咲く花々と涼を誘う噴水がある）と形容されている庭は、アリスが行きたくてたまらなかった庭ですが、ヴィクトリア朝時代の典型的な庭の形状でもあります。

ことばを楽しむ 6 ——【英語にひそむアングロ文化 (2) 11 種類もある let の使い分け】

　ヴィエルジュビツカ（Anna Wierzbicka, 2002）が、英語の let 構文には 11 種類にも及ぶバリエーションが存在しているという事実を指摘しています。これは「他人との距離を置くアングロ文化」に根ざした「他人との衝突を回避する術にたける」民族性をそのまま反映しており、このような事実の解明には民族学的統語論（Ethno-syntax）という視点が不可欠であると論じます。

　11 種類に及ぶ let 構文の具体例は次のようなものです。

(i) 許可の let（let of 'permission'）
　例：She let him go to the party.（彼女は彼がパーティーに行くのを許可した）
(ii) 邪魔せずの let（let of 'non-interruption'）
　例：She let him sleep.（彼女は彼を起こさないようにしていた）
(iii) 無関心を装う let（let of 'apparent indifference'）
　例：She let him cry.（彼女は彼が泣くままにさせておいた）
(iv) 阻止せずの let（let of 'no-prevention'）
　例：She let him fall.（彼女は彼が転びそうになったときに手を貸さなかった［ので彼は転んだ］）
(v) 寛容の let（let of 'tolerance'）
　例：Let me finish!（最後までわたしにやらせてくれませんか）
(vi) 知識共有の let（let of 'shared information'）
　例：Let me know (what happened).（［何が起こったか］教えてください）

Let me know when you come to Japan.（日本にいつ来るか決まったら教えて）

この let 文はあくまでも教えてほしいときなど何かを知りたい場合のみ用います。物がほしい場合に用いると、˟Let me have a pencil/an apple/ten dollars.（鉛筆を／リンゴを／10ドルください）のようにおかしな文になってしまいます。ただし Let me have a copy.（その論文のコピーをください）が適格な用法となるのは、a copy が紙そのものではなく、論文の中身である知識や知恵がほしいと申し出ているからです。

(vii) 申し出の let（Let me do Z for you）

　　例：Let me carry it for you.（わたしが代わりに運んであげましょう）

聞き手（＝相手）が助力を必要としているのではないかと話し手が判断したことを、今ただちに行動に移すときに使用される表現です。「今ただちに」行動に移すことが肝要な表現なので、˟Let me carry it for tomorrow.（明日運ぶのを手伝ってあげるよ）はおかしな文となります。

(viii) 勧誘の let（Let's do Z!）

　　例：Let's go.（さあ、行こう）

　　Let's do it.（さあ、それをやろう）

同意するときの答え方は Yes, let's. でよいのですが、内容によっては気が進まないときもあります。拒否したいときには、No, let's not. No, don't let's. と答えます。

(ix) 会話の協調の let（let of cooperative dialogue）

　　例：Let me conclude by saying ….（このようにまとめたらいかがでしょうか）

Let me explain/suggest you.....（このような考え方はいかがでしょうか）

話を引き取ってまとめる場合に用いられる表現です。

(x) 協働の let（let of cooperative interaction）

　　例：Let me talk to him.（わたしが彼に話をしておきましょう）

(xi) 共に考える let（let of cooperative thinking）

　　例：Let me see.....（そうですね……）

　　Let me think.....（えーっと……）

会話で協調の関係が保たれているとき、会話が途切れないように時間稼ぎとして声に出して言う表現。この表現を使用しないで黙っていると、本人の意志とは無関係に会話の協調の関係が途切れてしまうことになりかねません。

　いずれの用法も話し手と聞き手の距離を縮めるためにではなく、一定の距離を保とうとするアングロ文化において、極めて有効で有用な表現として多用されています。

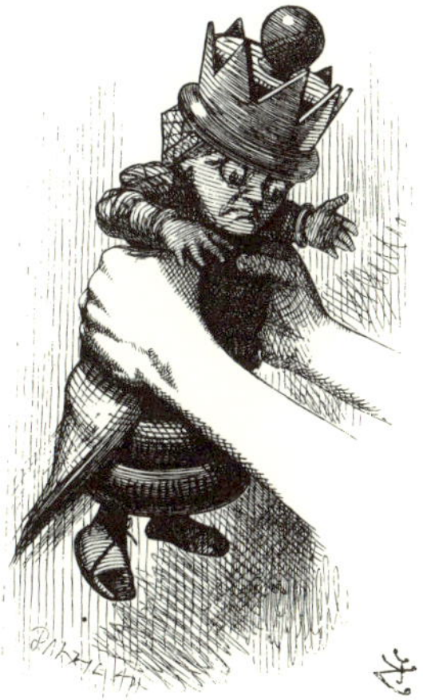

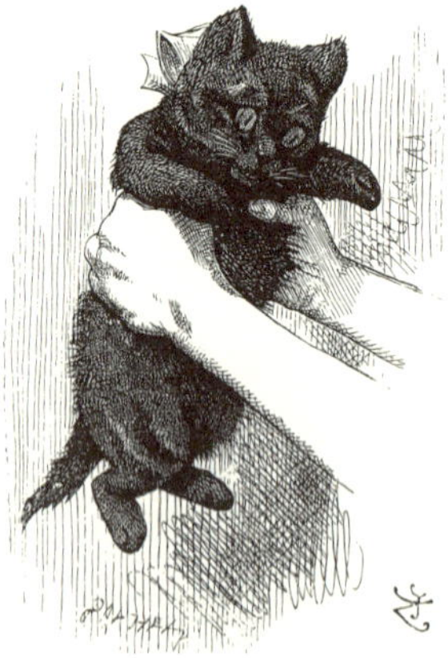

事実の裏に隠された真実を探り当てる
find the truth behind the facts
〜おとなが楽しむファンタジー〜

『不思議の国のアリス』の冒頭、第1章「ウサギの穴」(A Rabbit Hall) の出だしのところで、アリスはお姉さんが読んでいる本をのぞき込みます。

> but it had no pictures or conversations in it, "and what is the use of a book," thought Alice, "without pictures or conversations?"（のぞき込んでみたものの、その本には絵もなければ会話もありませんでした。「絵もなければ会話もない本なんていったい何の役に立つのかしら」とアリスは思いました）

アリスはどんな本ならよかった、と考えたのでしょう。きっと a book with pictures or conversations（絵か会話のある本）ならよかったのにと思っていたのでしょう。これは、絵本のことなのでしょう。そうでなければ、所々に挿絵が描かれている小説であったのかもしれません。お姉さんが読んでいた a book without pictures or conversations は、絵本でも小説でもなく、本の頁を開けても活字がぎっしりとつまっていて白い部分の少ない、難しい面相をした本であったのではないかと想像します。物事を「理」と「情」というように大きく2つに分けるとすると、お姉さんが読んでいた本は「理」、アリスが求めている本は「情」ということになるのでしょう。

人間の理は変わってしまっても、情はギリシア・ローマの時代から何1つ変わっていません。さらに、「情」の本には人間の社会の縮図が描かれています。『ハリー・ポッターと賢者の石』、『メアリー・ポピンズ』、『チャーリーとチョコレート工場』、『ピーター・パン』、そして『不思議の国のアリス』の登場人物は現実には存在しません。にもかかわらず、現実に存在していそうな人物が出てくる小説よりも、こういう人はたしかにいるという思いを、わたしたちに強く印象付けるのです。現実を描いていないファンタジーの中に、わたしたちは確かに現実を見ているのです。ファンタジーの中に埋め込まれている人間の社会の縮図を、わたしたちはファンタジーを読みながら掘り出しているのです。

　舞台が架空のファンタジーであるからこそ、わたしたちは煩わしい現実社会から切り離されているその世界の中で、何の心配もなく、デフォルメされた現実の「似顔絵」に向き合うことができるのです。ファンタジーの世界では、どんなに残酷と思われる出来事が起こっても、血は一滴も流れません。折り紙をハサミで切るような感じで話が進んでいきます。これは、わたしたちが安心してファンタジーを読み進むことができる支えにもなっています。

　普通の小説を読んでいると、あたかもその中に自分が入り込んだような気持ちになります。ファンタジーは架空の物語であるがゆえに、少し距離があります。ちょうど、舞台で行われている芝居を見ているような気にわたしたちをさせるのではないでしょうか。わたしたちは、このほどよい距離感に安心して、ファンタジーを読みながら実にいろいろなことを、考え始めます。本を読むということは、そういう思考の総体を言うのですが、その思考の総体がどんどん大きくなっていくのを感じることができるのも、ファンタジーの醍醐味です。ファンタジーには、わたしたちの想像をたくましくさせる

エネルギーが詰まっています。

「ブラウン神父シリーズ」や『新ナポレオン奇譚』(*The Napoleon of Notting Hill*, 1904)で知られる英国の小説家 G. K. チェスタートン(G. K. Chesterton: 1874-1936)は「わたしは子どものころに読んだいくつものおとぎ話の本を子ども部屋の床に置きっぱなしにしてきたが、それ以降、おとぎ話ほど感銘を与えてくれる本に出会ったことはない」(I left the fairy tales lying on the floor of the nursery, and I have not found any books so sensible since.) (*The Essential Gilbert K. Chesterton* Vol.I: *Non-Fiction*, 2008. 38) と述べています。さらに、英国の小説家グラハム・グリーン(Graham Greene: 1904-1991)も「幼少期に出会った本は、極めて重要な影響を与えます。子どもの未来は、子ども部屋の本棚にどんな本が並んでいたかで決まってくるものです。幼少期の読書はどんな宗教的教えよりも、ずっと人の行状に影響を与えるものなのです」(The influence of early books is profound. So much of the future lies on the shelves: early reading has more influence on conduct than any religious teaching) (*A Sort of Life*, 1971. 52, 53) と述べています。ファンタジーの世界はどんな大人になるかをも決めてしまうような不思議な力をもっていると感じているのは、わたしたちばかりではないのです。

　子ども向けのファンタジーは、「子どもを知っていることではなく、自分の子どものころを知っている」(『子どもと子どもの本のために』ケストナー著、岩波書店、1997年、84頁)作家でなくては書けないと言われます。ファンタジーには、子どものための文学であるという一面は確かにあるのでしょうが、大人にとっては自分を子どもにしてくれる力をもっているお話です。大人になってから気に入ったファンタジーを見付け出すことは、子どものときに出会い

たかったものに出会ってしまったということなのです。子どもに戻ったような気になるからこそ、世の中のしがらみを脱ぎ捨て無垢な心で、そのすべてを楽しむことができるのです。では、ファンタジーがもつこのような力が、ファンタジーという物語の中でかくも有効に働き、大人の読者の想像力の翼をこれほどまでに伸ばしてくれるのはなぜなのでしょうか。

　理由はいくつかありそうですが、その1つに、これらのファンタジーがみな短編であるということを挙げることができると思います。詩人の荒川洋治は、TBSラジオの朝の番組（「森本毅郎・スタンバイ！日本全国8時です」平成24年5月8日）で「作品の長さ」について話をしていました。荒川洋治は、大岡信「短編小説について」（『日本短編文学全集』全48巻の推薦文、筑摩書房、1967年）の文章から一節をひきます。「短編小説は最近軽視される傾向があるようだが、これはわたしたちが一般にへし折る力を喪失しつつあることと無関係ではない。真理をへし折れ、視線をへし折れ、叙情をへし折れ、悔恨をへし折れ、すべてへし折った後に人生が残る。短編の名作は、そのようにしてわたしたちの目を洗ってくれる」。ファンタジーもこのようにして、ありとあらゆることをへし折って書かれているのです。子どもの頃にファンタジーを読むと、へし折られた残りをそのまま読むことになるのでしょう。しかし、大人になってからファンタジーに再び出会うと、へし折られてでき上がっている作品を、十人十色で復元しながら読むことになります。へし折られたファンタジーの作品は、1枚のスライドのようなもので、それを照らし出す光源こそが読者そのものなのです。それを照らし出すそれぞれの読者の光源は同じであるはずもないので、スクリーンに映ぜられ結ばれる像も異なってくるのです。復元して読むためには、へし折られた断片を通して、物事を大きく想像する力が読者

事実の裏に隠された真実を探り当てる

自身に備わっていなくてはなりません。それが自由にできるようになった大人にとって、ファンタジーは子どものころに読んだのとは別の姿を見せ始めるのです。子どもの頃には感じることができなかったファンタジーの魅力を大人になって初めて感ずることがあるのは、まれなことではありません。それは、心の幸せな成長があったからこそ実現しているのです。

荒川洋治は、いろいろな作品の長さについて400字詰め原稿用紙に換算するといったい何枚になるのか調べてみます。兼好法師『徒然草』50枚、鴨長明『方丈記』22.5枚、唯円『歎異抄』29枚、森鷗外『寒山拾得』21枚、芥川龍之介『藪の中』23.5枚、太宰治『走れメロス』27枚、芥川龍之介『羅生門』15.5枚、井伏鱒二『山椒魚』14枚と、例を挙げながら、古今の名作の中には意外なほどに短いものが多いことを指摘します。さらに、宮沢賢治『銀河鉄道の夜』123枚、小林多喜二『蟹工船』183枚、川端康成『雪国』227枚、夏目漱石『こころ』440枚、三島由紀夫『金閣寺』460枚と調べてゆき、島崎藤村『夜明け前』2,022枚、丹羽文雄『蓮如』4,000枚、野間宏『青年の環』4,000枚、中里介山『大菩薩峠』15,000枚のような長編は別として、400枚前後に傑作があるような気がすると述べます。

400字詰め原稿用紙に換算すると、ファンタジーと言われる物語はどのくらいの長さになるのでしょうか。ルイス・キャロルの3つの作品の長さを翻訳で調べてみますと、およそですが、『地下の国のアリス』（新書館）148枚、『不思議の国のアリス』（新書館）313枚、『鏡の国のアリス』（新書館）365枚となりました。いずれも『銀河鉄道』と『こころ』の間に相当する枚数と言えます。枚数からだけでも、へし折られて書かれているはずです。

わたしたちの目や心を洗ってくれるものを探すとすれば、それは、

きれいな混じり気のない水のはずです。混じり気のない水こそが、へし折られた短編のファンタジーではないかと思っています。

学問の世界で、あるいは、何かを深く考えているとき、わたしたちが行っているのは、find the truth behind the facts（事実の裏に隠された真実を探り当てること）です。現実の世界では、facts（事実）を提示しながらその背後にある真実への道筋を、みなが納得できる丁寧な形で提示していかなくてはなりません。みなが納得できてはじめて間主観性（inter- subjectivity）（みなの主観が一致すること）があるとされ、「科学的である」とお墨付きをもらうことができます。しかし、ファンタジーの世界は、へし折られ凝縮されているが故に、事実抜きに真実が提示されることがしばしばあります。まどろっこしい手順抜きにいきなり真実が語られるのは、ファンタジーという短編世界の特権といってよい筋運びです。わたしたち大人にとっては、この思考が「跳ぶ」瞬間がたまらないのです。ことわざは、まさにまどろっこしい手順抜きにいきなり真実を語る手法の1つですが、そういう感覚に似ているのではないかと思います。ファンタジーは、長編小説が時代の波にさらされることが多いのとは異なって、短編であるがゆえに、作家の本領が発揮され時代の風圧を受けない形式を構成します。真理がそのまま無防備にむき出しで描かれているからこそ、普遍の価値をもっているのではないでしょうか。

わたしたち大人は、ファンタジーを読むと、先ほど述べたように、子どもの頃に読みたかったものに出会えたような気持ちになります。子どもの頃からの長い時間が一瞬にしてなくなり、煩わしい日常を忘れて、無垢な子ども時代に返ったような気にもなります。人生で紡いできた時間が消えるのです。しかし、消えてしまったように見えるこの時間は、ファンタジーを読むときの復元力として、わたし

事実の裏に隠された真実を探り当てる

たちに気付かれまいとめまぐるしく働いてくれているのです。わたしたちは抗する間もなくファンタジーに惹かれていきます。

　ファンタジーは「ことば」で語られます。この「ことば」というやつは意外にくせ者で、托された意味を思いのほか雄弁に物語るのです。ことばが托されているさまざまな意味に気づかずに読み進むのはもったいないことです。ことばが語る雄弁さは、ことばを深く理解したときに初めて見えてくるものです。本書では、ことばの奥深さを探ってきました。こんな風に英語を読み、日本語を読んでいくことができたら、きっとことばを味わい尽くすことができるのではないかと思っています。ファンタジーへの扉を開けて中に入った皆様が、今度は、新しい別の扉を開けて、培った眼力を十分に羽ばたかせ、今までとは違って見えることばの世界を存分に楽しむことができたとすれば、そのときにこそ、筆者の喜びは本物になるのだと思っています。

【本書で解説した作品一覧】

第一の扉 『ハリー・ポッターと賢者の石』

Rowling, J. K. 1997 *Harry Potter and the Philosopher's Stone*. Bloomsbury Publishing Plc. London.

Rowling, J. K. 1998. *Harry Potter and the Chamber of Secrets*. Bloomsbury Publishing Plc. London.

第二の扉 『メアリー・ポピンズ』(挿絵　メアリー・シェパード)

Travers, P. L. 1934. *Mary Poppins*. Harcourt, INC. Orlando. (『メアリー・ポピンズ』)

第三の扉 『チャーリーとチョコレート工場』

Dahl, Roald 1964. *Charlie and the Chocolate Factory*. (Puffin Books) Penguin Books Ltd. London. (『チャーリーとチョコレート工場』)

第四の扉 『ピーター・パン』

Barrie, J. M. 1911. *Peter Pan*. (Puffin Books) Penguin Books Ltd. London. (『ピーター・パン』)

第五、第六の扉 『不思議の国のアリス』(挿絵　ジョン・テニエル)

Carroll, Lewis 1864. *Alice's Adventures Under Ground*. (『地下の国のアリス』)

Carroll, Lewis 1865. *Alice's Adventures in Wonderland*. Macmillan. London. (『不思議の国のアリス』)

Carroll, Lewis 1871 *Through the Looking-Glass and What Alice Found There*. Macmillan. London. (『鏡の国のアリス』)

【参考文献】

Chesterton, G. K. 2008. *The Essential Gilbert K. Chesterton Vol. I : Non-Fiction.* Wilder Publications. Radford.

Cohen, Morton N. 1996. *Lewis Carroll: A Biography.* Vintage Books. A Division of Random House, Inc. New York. (モートン・N・コーエン著、高橋康也監訳、安達まみ・佐藤容子・三村明訳 1999『ルイス・キャロル伝』河出書房新社.)

Cohen, Morton N. ed. 1979. *The Letters of Lewis Carroll.* Oxford University Press. New York.

Comrie, Bernard 1984. [Plenary session discussion] in William Chisholm *Interrogativity: A Colloquium on the Grammar, Typology and Pragmatics of Questions in Seven Diverse Languages.* John Benjamins. Amsterdam.

Cooper, W. E. and J. R. Ross 1975. "*World order.*" *Papers from the Parasession of Functionalism. Chicago Linguistics Society.* Chicago.

Greene, Graham 1971. *A Sort of Life.* Bodley Head. London.

Lehrer, Adrienne 1974. *Semantic Fields and Lexical Structure.* Amsterdam: North-Holland.

Marmaridou, Sophia S.A. 2000. *Pragmatic Meaning and Cognition* (Pragmatics & beyond: new series 72), 106-107. John Benjamins. Amsterdam.

Radden, Gunter and Rene Dirven 2007. *Cognitive English Grammar* (*Cognitive Linguistics in Practice*). John Benjamins. Amsterdam.

Ross, Alan S.C. 1956. 'U and non-U' in Nancy Mitford (ed.) *Noblesse Oblige*, 11-36. Hamish Hamilton. London.

Ross, Alan S.C. 1969. *What are U?* Deutsch. London.

Ross, Alan S. C., Philip Howard and Richard Buckle 1978. 'Language: U and non-U. Double-U, E. and non-E' (in a symposium), in Richard Buckle (ed.), *U and Non-U Revisited*, 28-48. Debrett's Peerage. London.

Wakeling, Edward ed. 1997. *Lewis Carroll's Diaries: The Private Journal of Charles Lutwidge Dodgson*, 10 Volumes. Lewis Carroll Society L. & P. Press. (エドワード・ウエイクリング編『ルイス・キャロルの日記』未訳)

Wierzbicka, Anna 2002. "English Causative Constructions in an Ethnosyntactic Perspective: Focusing on Let," in N. J. Enfield ed. *Ethnosyntax: Explorations in Grammar and Culture*, 162-203. Oxford University Press. Oxford.

Wierzbicka, Anna 2003. *Cross-Cultural Pragmatics: The Semantics of Human Interaction*. Mouton. The Hague.

上山泰・吉川和代 編注. 1972.『チョコレート工場の秘密』篠崎書林. 東京.

キャロル、ルイス. 2005.『地下の国のアリス』(安井 泉訳・解説). 新書館. 東京.

キャロル、ルイス. 2005.『鏡の国のアリス』(安井 泉訳・解説). 新書館. 東京.

キャロル、ルイス. 2005.『不思議の国のアリス』(高橋康也・高橋迪訳). 新書館. 東京

楠本君恵. 2001.『翻訳の国の「アリス」―ルイス・キャロル翻訳史・翻訳論』未知谷. 東京.

ケストナー、エーリッヒ. 1997.『子どもと子どもの本のために』(高橋健二編訳). 同時代ライブラリー 305. 岩波書店. 東京.

スコット、ウォルター．1964.『アイヴァンホー』上・下巻．(菊池武一訳)．岩波文庫．東京.

まさに何様・闇から神谷．1998『さかさ言葉「回文」のすべて―脳がちがうの』カットシステム．東京.

安井 泉．1992.『音声学』(現代の英語学シリーズ第2巻)．開拓社．東京.

安井 泉．2010.『ことばから文化へ―文化がことばの中で息を潜めている』(開拓社　言語・文化選書第18巻)．開拓社．東京.

安井 泉編著．2013.『ルイス・キャロル ハンドブック―アリスの不思議な世界』七つ森書館．東京.

ローリング、J. K. 1999.『ハリー・ポッターと賢者の石』(松岡佑子訳)．静山社．東京

ローリング、J. K. 2000.『ハリー・ポッターと秘密の部屋』(松岡佑子訳)．静山社．東京

【辞書／コーパス】

Collins COBUILD English Language Dictionary. First edition. Ed. in chief John Sinclair. Collins ELT. London. 1987.（『Collins コウビルド英英辞典』初版）

The Oxford English Dictionary. Second Edition. 20 volumes. Prepared by J. A. Simpson and E. S. C. Weiner. Oxford University Press. Oxford. 1989.（『オックスフォード英語辞典』［OED］未訳）

The Wordsworth Dictionary of Anagrams by Michael Curl. Wordsworth Edition. 1982.

The Universal Dictionary of the English Language by Henry Cecil Wyld. Routedge & Kegan Paul Ltd. London. 1932.

British National Corpus『英語コーパスBNC』

安井 泉

1948年東京生まれ。日本ルイス・キャロル協会会長。専門は英語学・言語文化。聖徳大学教授、筑波大学名誉教授。ロンドン大学客員教授、英語語法文法学会会長等を歴任。著書に『音声学』(現代の英語学シリーズ第2巻、開拓社、第27回市河賞受賞)、『ことばから文化へ』(開拓社言語・文化選書第18巻)、『メアリー・ポピンズは東風にのって』(北星堂書店)、『ルイス・キャロル ハンドブック』(七つ森書館) など。訳書に『地下の国のアリス』『鏡の国のアリス』(以上、新書館) など。

英語で楽しむ英国ファンタジー

2013年9月18日　初版第1刷

著 者	安井 泉
発行者	松浦一浩
編集協力	岸上祐子
装 丁	斉藤よしのぶ
本文イラスト	加納果林
発行所	株式会社　静山社
	〒102-0073　東京都千代田区九段北1-15-15
	電話 03-5210-7221　http://www.sayzansha.com
印刷・製本	中央精版印刷株式会社

本書の無断複写複製は、著作権法により例外を除き禁じられています。
また、私的使用以外のいかなる電子的複写複製も認められておりません。
落丁・乱丁の場合はお取替えいたします。
© Izumi Yasui 2013　Published by Say-zan-sha Publications, Ltd.
Printed in Japan　ISBN 978-4-86389-220-0